Georges Simenon
Maigret verliert eine Verehrerin

RICHARZ GESCHENKBIBLIOTHEK
Bücher in großer Schrift

Georges Simenon

Maigret verliert eine Verehrerin

Roman

Deutsch von Ingrid Altrichter

Richarz Geschenkbibliothek
Verlag CW Niemeyer

CIP-Titelaufnahme der Deutschen Bibliothek

Simenon, Georges:
Maigret verliert eine Verehrerin : Roman / Georges Simenon.
Dt. von Ingrid Altrichter. – 1. Aufl. – Hameln : Niemeyer, 1991
(Richarz-Geschenkbibliothek, Bücher in großer Schrift)
ISBN 3-87585-750-X

Lizenzausgabe mit freundlicher Genehmigung
des Diogenes Verlages AG, Zürich
Titel der Originalausgabe: „Cécile est morte“

Deutsch von Ingrid Altrichter

Umschlag: Christiane Rauert, Dortmund
1. Auflage 1991
Gesamtherstellung: Ueberreuter Buchproduktion, Korneuburg
Printed in Austria
ISBN 3-87585-750-X

Erster Teil

1

Die Pfeife, die Maigret sich auf seiner Türschwelle am Boulevard Richard-Lenoir anzündete, schmeckte ihm an diesem Morgen bedeutend besser als sonst. Der erste Nebel war für ihn eine ebenso erfreuliche Überraschung wie der erste Schnee für die Kinder, vor allem deshalb, weil es nicht der unangenehme gelbliche Nebel mancher Wintertage war, sondern ein milchiger Dunstschleier, in dem Lichthöfe flimmerten. Es war frisch. In den Fingerkuppen und in der Nasenspitze prickelte es, und die Schuhsohlen knirschten auf dem Straßenpflaster.

Die Hände in den Taschen seines dicken Überziehers mit dem Samtkragen, der am Quai des Orfèvres bestens bekannt war und der noch ein wenig nach Naphthalin roch, die Melone tief in die Stirn gezogen, so machte sich Maigret zu Fuß auf den Weg zur Kriminalpolizei, ohne sich zu beeilen, und es belustigte ihn, als ein Mädchen plötzlich im Laufschritt aus dem Nebel auftauchte und gegen seine massige dunkle Gestalt prallte.

»Oh. Entschuldigung, Monsieur ...!«

Und schon rannte sie noch schneller weiter, um ihren Autobus oder die Metro nicht zu verpassen.

Das ganze morgendliche Paris schien sich an diesem Tag genauso über den Nebel zu freuen wie der Kommissar, und höchstens das heisere Tuten der Schlepper auf der Seine, die nicht zu sehen waren, klang besorgt.

Etwas sollte ihm ohne besonderen Grund in Erinnerung bleiben: Er hatte gerade die Place de la Bastille überquert, war in den Boulevard Henri IV eingebogen und schritt an einem kleinen Bistro vorüber. Die Tür ging auf, denn zum erstenmal in diesem Herbst war auch die Luft so kühl, daß man die Türen der Cafés schließen mußte. Dabei wurde Maigret von einer Duftwolke eingehüllt, die für ihn die typische Atmosphäre des Tagesanbruchs in Paris einfing: der Geruch nach Milchkaffee und warmen Croissants mit einem sehr schwachen Hauch von Rum; hinter den beschlagenen Fensterscheiben konnte er zehn, fünfzehn, vielleicht sogar zwanzig Gäste ausmachen, die sich um die Zinntheke scharten und die erste Mahlzeit des Tages einnahmen, ehe sie ihrem Arbeitsplatz zustrebten.

Punkt neun Uhr trat er durch den Torbogen der Kriminalpolizei und stieg mit mehreren Kollegen zusammen die breite, stets ein wenig staubige Treppe hinauf. Kaum war sein Kopf auf einer Höhe mit der ersten Etage, warf Maigret mechanisch einen Blick durch die Scheiben des Wartezimmers, und als er Cécile erkannte, die auf einem der grünen, plüschbezogenen Stühle saß, runzelte er mißmutig die Stirn.

Eigentlich, um ganz aufrichtig zu sein, tat er nur so, als wäre er ungehalten.

»Na sowas, Maigret... Da ist sie schon wieder!...«

Die Bemerkung kam von Cassieux, dem Chef der Sitte, der ihm auf den Fersen folgte. Und nun drohte das Gespött weiterzugehen, wie bei jedem Besuch von Cécile!

Maigret versuchte an der Tür vorbeizukommen, ohne daß sie ihn sah. Wie lange war sie schon da? Sie war imstande, mehrere Stunden am selben Platz auszuharren, reglos, beide Hände auf ihrer Tasche und den lächerlichen grünen Hut stets ein wenig schief auf dem zu streng nach hinten gekämmten Haar.

Natürlich entdeckte sie den Kommissar doch! Sie erhob sich mit einem Ruck. Ihr Mund bewegte sich. Durch die gläserne Wand hindurch war nichts zu hören, aber es sah so aus, als sagte sie seufzend: »Endlich!...«

Maigret zog den Kopf ein und hastete in sein Büro am Ende des Flurs. Der Bürodiener kam herbei, um ihm zu melden...

»Ich weiß... Ich weiß... Ich habe jetzt keine Zeit...«, murrte Maigret.

Wegen des Nebels mußte er die Lampe mit dem grünen Schirm anzünden, die auf seinem Schreibtisch stand. Er zog den Mantel aus, nahm den Hut ab, schaute den Ofen an und überlegte, daß er, falls es am nächsten Morgen ebenso kalt sein sollte, verlangen würde, daß man Feuer machte. Dann, nachdem er sich die kalten Hände gerieben hatte, setzte er sich behäbig, stieß ein zufriedenes Knurren aus und griff zum Telefon.

»Hallo!... Ist dort das ›Vieux-Normand‹?... Würden Sie bitte Monsieur Janvier an den Apparat holen?... Hallo!... Bist du's, Janvier?«

Inspektor Janvier sollte seit sieben Uhr früh an einem

Tisch dieses kleinen Restaurants in der Rue Saint-Antoine sitzen und von dort aus das ›Hôtel des Arcades‹ beobachten.

»Gibt's was Neues?«

»Sie sind alle im Nest, Chef... Die Frau ist vor einer halben Stunde weggegangen und hat Brot, Butter und ein Viertel gemahlenen Kaffee besorgt... Eben ist sie wieder hinein...«

»Ist Lucas auf seinem Posten?«

»Ich hab ihn am Fenster gesehen, als ich hier ankam...«

»Gut! Jourdan wird dich ablösen... Bist du auch nicht zu sehr durchfroren?«

»Nur ein bißchen... Es geht...«

Maigret lächelte beim Gedanken an Lucas, den Wachtmeister, der seit vier Tagen einen alten kranken Mann mimte. Es galt, eine Gruppe von Polen zu überwachen, die zu fünft oder sechst in einem erbärmlichen Zimmer im ebenso erbärmlichen ›Hôtel des Arcades‹ hausten. Er hatte keinen Beweis gegen sie. Außer daß einer von ihnen, den sie den Baron nannten, im Wettbüro von Longchamp eine der Banknoten gewechselt hatte, die auf dem Bauernhof Vansittart gestohlen worden waren.

Diese Leute bewegten sich gleichsam ziellos durch Paris und scharten sich in der Rue de Birague um eine junge Frau, von der man weder wußte, wessen Geliebte sie war, noch welche Rolle sie eigentlich spielte.

Als Kranker verkleidet und mit einigen Schals vermummt, beobachtete Lucas sie von morgens bis abends vom Fenster einer gegenüberliegenden Wohnung aus.

Maigret stand auf, um seine Pfeife über dem Kohleneimer auszuklopfen. Dann suchte er aus der Sammlung auf seinem Schreibtisch eine andere heraus, entdeckte den Anmeldezettel, den Cécile ausgefüllt hatte, und wollte gerade lesen, was sie geschrieben hatte, da ertönte genau in diesem Augenblick auf dem Flur ein anhaltendes Klingeln.

Der Rapport! Er griff nach den bereitgelegten Akten und begab sich gemeinsam mit allen anderen Abteilungsleitern ins Büro des Direktors der Kriminalpolizei. Es war die allmorgendliche kleine Zeremonie. Der Chef hatte langes, weißes Haar und ein Kinnbärtchen nach Art der Musketiere. Man drückte einander die Hand.

»Haben Sie sie gesehen?«

Maigret spielte den Ahnungslosen.

»Wen?«

»Cécile!... Also, wenn ich Madame Maigret wäre...«

Arme Cécile! Dabei war sie noch jung. Maigret hatte ihre Papiere gesehen: kaum achtundzwanzig Jahre alt. Aber trotz der Mühe, die sie sich gab, liebenswert zu erscheinen, wären der altjüngferliche Eindruck, den sie erweckte, und ihr Mangel an Anmut kaum noch zu überbieten gewesen. Ihre schwarzen Kleider, die sie nach schlechten Schnittmustern wohl selbst nähte... Dieser lächerliche grüne Hut... Unmöglich, darunter weibliche Reize zu vermuten... Ein zu blasses Gesicht und zu allem Überfluß noch ein leichter Strabismus...

»Sie schielt!« erklärte Kommissar Cassieux.

Er übertrieb. Man konnte nicht behaupten, daß sie

wirklich schielte. Denn der Blick ihres linken Auges wich nicht weiter ab als der ihres rechten.

Sie traf, von vornherein in ihr Schicksal ergeben, schon morgens um acht Uhr ein.

»Ich möchte zu Kommissar Maigret bitte...«

»Ich weiß nicht, ob er heute morgen kommt... Inspektor Berger könnten Sie sprechen, er...«

»Nein danke... Ich warte...«

Notfalls wartete sie einen ganzen Tag lang, ohne sich von der Stelle zu rühren, ohne ein Anzeichen von Ungeduld, und schnellte nur, wie von innerer Erregung überwältigt, von ihrem Sitz hoch, sobald der Kommissar im Treppenhaus auftauchte.

»Kein Zweifel, mein Bester, sie ist in Sie verliebt...«

Die Kommissare unterhielten sich im Stehen. Erst plauderten sie ein wenig, dann kamen sie unmerklich auf die Arbeit zu sprechen.

»Was macht die Affäre Pélican? Tut sich schon was, Cassieux?«

»Ich habe den Inhaber für zehn Uhr vorgeladen... Es wird Zeit, daß er endlich rausrückt...«

»Gehen Sie bloß behutsam vor!... Es gibt da einen Abgeordneten, der ihn schützt, und ich kann auf Scherereien verzichten... Wie steht es mit Ihren Polen, Maigret?...«

»Ich warte ab... Heute abend will ich mich selbst auf die Lauer legen... Wenn sich bis morgen nichts Neues ergeben hat, werde ich versuchen, ein Gespräch unter vier Augen mit der Frau zu erreichen...«

Eine üble Bande. Drei Straftaten in sechs Monaten.

Immer in entlegenen Bauernhöfen im Norden. Gemeine, brutale Verbrecher, die ihre Opfer mit der Axt niedermachten...

Der Nebel verfärbte sich golden. Es brauchte die Lampen nicht mehr. Der Chef streckte die Hand nach einem Aktendeckel aus.

»Wenn Sie heute morgen einen Moment Zeit hätten, Maigret... Eine Vermißtenanzeige... Ein junger Mann von neunzehn, der Sohn eines Großindustriellen, der...«

»Lassen Sie sehen...«

Der Rapport dauerte eine halbe Stunde, vom Rauch der Pfeifen und Zigaretten umwölkt, von gelegentlichen Ferngesprächen unterbrochen: »Gut, Herr Minister... Jawohl, Herr Minister...«

Unterdessen hörte man die Inspektoren auf dem breiten Flur kommen und gehen, Türen zuschlagen und die Telefonapparate in allen Büros klingeln.

Mit seinen Papieren unterm Arm kehrte Maigret in sein Zimmer zurück. Er dachte an die Polen. Mechanisch legte er einen Aktendeckel auf den Anmeldezettel, den Cécile ausgefüllt hatte. Kaum hatte er Platz genommen, als der Bürodiener an die Tür klopfte.

»Es ist wegen der jungen Frau...«

»Was ist?«

»Empfangen Sie sie?«

»Gleich...«

Er wollte sich zuerst noch um die Sache kümmern, die der Chef ihm soeben anvertraut hatte. Er wußte, wo er den jungen Mann finden würde, mit dem er sich schon früher befaßt hatte.

»Hallo!... Verbinden Sie mich mit dem ›Hôtel Myosotis‹, in der Rue Blanche...«

Ein schäbiges Hotel, in dem auch sonst junge Leute dieser Sorte zusammenkamen, dem Kokain frönten und kein Hehl aus ihrem sittenwidrigen Lebenswandel machten.

»Hallo!... Hören Sie, Francis, ich glaube, ich werde Ihren Laden endgültig schließen müssen... Was? Ihr Pech!... Sie übertreiben... Wenn ich Ihnen einen guten Rat geben darf, dann schicken Sie mir sofort den kleinen Duchemin... Ober bringen Sie ihn lieber selbst her. Ich habe ein Wörtchen mit ihm zu reden... Aber ja! Er ist bei Ihnen... Falls er gerade nicht da ist, dann bin ich sicher, daß Sie ihn mir noch vor heute mittag aufstöbern werden... Ich zähle drauf!«

Schon holte man ihn an einen anderen Apparat. Ein besorgter Untersuchungsrichter.

»Kommissar Maigret?... Ich rufe wegen Pénicaud an, Herr Kommissar... Er behauptet, Sie hätten seine Geständnisse durch Einschüchterung erzwungen, Sie sollen von ihm verlangt haben, daß er sich in Ihrem Büro entkleidet, und ihn dann fünf Stunden lang vollkommen nackt stehen lassen haben...«

Im Büro nebenan warteten auch noch Inspektoren, den Hut schon auf dem Kopf und eine Zigarette im Mundwinkel, auf seine Anweisungen. So war es bereits elf Uhr, als er sich an Cécile erinnerte und auf die elektrische Klingel drückte.

»Bringen Sie das Mädchen herein...«

Augenblicke später kam der Bürodiener allein zurück.

»Sie ist weggegangen, Herr Kommissar...«

»Ach!«

Zunächst zuckte er mit den Schultern. Dann, während er sich wieder hinsetzte, zog er die Augenbrauen hoch. Das paßte nicht so recht zu Cécile, die einmal sieben Stunden lang im Wartezimmer geblieben war, ohne sich vom Fleck zu rühren. Er suchte in den Papieren, die sich auf seinem Schreibtisch häuften, nach ihrem Anmeldezettel. Schließlich fand er ihn unter der Akte des jungen Duchemin.

Sie müssen mich unbedingt empfangen. Heute nacht ist etwas Schreckliches passiert.

Cécile Pardon

Auf sein Klingeln hin erschien der Bürodiener wieder.

»Sagen Sie, Léopold...« (Er hieß nicht wirklich Léopold, aber sie hatten ihm diesen Spitznamen angehängt, weil er das Aussehen des ehemaligen belgischen Königs nachahmte.) »Wann ist sie denn weggegangen?«

»Ich weiß es nicht, Herr Kommissar... Ich bin in alle Büros gerufen worden... Vor einer halben Stunde war sie noch da...«

»Waren viele Leute im Wartezimmer?«

»Zwei Besucher für den Chef... Ein älterer Herr, der nach der Sonderkommission gefragt hat... Dann... Na, Sie kennen das ja, das ständige Kommen und Gehen am Vormittag... Ich hab gerade erst gemerkt, daß das Fräulein nicht mehr da ist...«

Maigret spürte eine leichte, ärgerliche Unruhe, eine

Art Beklemmung in sich aufsteigen. Das gefiel ihm nicht. Man hatte sich über die arme Cécile zu sehr lustig gemacht.

»Wenn sie zurückkommt, dann ...«

Aber nein! Er überlegte es sich anders. Er rief einen seiner Inspektoren zu sich.

»Der Besitzer des ›Hôtel Myosotis‹ wird demnächst mit einem jungen Mann namens Duchemin hier aufkreuzen ... Lassen Sie die beiden warten ... Sollte ich bis mittag nicht da sein, behalten Sie den jungen Mann hier und schicken Sie den Hotelier wieder an die Arbeit ...«

Am Pont Saint-Michel angelangt, hätte er beinahe ein Taxi genommen, was ein schlechtes Zeichen war. Aber gerade deshalb tat er es nicht, sondern wartete auf die Straßenbahn. Damit hätte er dieser Cécile zuviel Bedeutung beigemessen! Damit hätte er zugegeben, daß er ...

Anstatt sich aufzulösen, war der Nebel dichter geworden, obgleich es nun nicht mehr so kalt war. Maigret rauchte auf der Plattform seine Pfeife, und sein Kopf wackelte im Rhythmus der Erschütterungen und Bremsmanöver hin und her.

Wie lange war es her, daß Cécile zum erstenmal die Kriminalpolizei aufgesucht hatte? Sechs Monate etwa. Er hatte sein Notizbuch auf dem Schreibtisch liegenlassen, aber das könnte er feststellen, sobald er zurückkam. Sie hatte sofort nach Kommissar Maigret gefragt. Allerdings mochte sie seinen Namen in den Zeitungen gelesen haben. Sie hatte einen ruhigen Eindruck gemacht. Ob sie sich damals dessen bewußt war, daß sich das, was sie erzählte, wie das Produkt einer blühenden Phantasie anhörte?

Sie hatte sich bemüht, in wohlgesetzten Worten zu sprechen, ihrem Gegenüber dabei offen ins Gesicht gesehen und durch ein Lächeln die Ungereimtheiten ihres Berichts gemildert.

»Ich schwöre Ihnen, Herr Kommissar, daß ich nichts erfinde und daß ich mir nichts einrede... Ich weiß genau, wo die einzelnen Gegenstände stehen, weil ich es bin, die saubermacht... Meine Tante hat nie ein Dienstmädchen gewollt... Beim ersten Mal konnte ich noch glauben, ich hätte mich geirrt... Doch danach habe ich aufgepaßt... Und gestern habe ich mir genau gemerkt, was wo war... Ich bin sogar noch weiter gegangen... Ich habe einen Faden quer über die Eingangstür gespannt...

Nun standen aber heute morgen nicht nur zwei Stühle nicht mehr an ihrem Platz, sondern ich habe auch den Faden zerrissen vorgefunden... Also, ist jemand bei uns eingedrungen... Jemand hat sich eine Zeitlang im Wohnzimmer aufgehalten und hat vor allem auch den Sekretär meiner Tante aufgemacht, denn an dem hatte ich ebenfalls eine Markierung angebracht... Das war das dritte Mal in zwei Monaten... Meine Tante ist seit kurzem nahezu gelähmt... Niemand hat einen Schlüssel zum Appartement, und dennoch ist das Schloß nicht aufgebrochen worden... Ich wollte mit Tante Juliette nicht darüber sprechen, um sie nicht zu beunruhigen... Dabei bin ich sicher, daß nichts fehlt... Das hätte sie mir gesagt, denn sie ist sehr mißtrauisch...«

»Alles in allem«, faßte Maigret zusammen, »behaupten Sie also, daß zum drittenmal in zwei Monaten ein Unbekannter nachts in das Appartement eingedrungen ist, in dem Sie mit Ihrer Tante leben, daß er sich im Wohnzimmer niedergelassen und die Stühle verschoben hat...«

»Den Tintenlöscher auch!« ergänzte sie.

»... daß er die Stühle und den Tintenlöscher verschoben und im Sekretär herumgestöbert hat, der allerdings verschlossen ist und keinerlei Spuren von Gewaltanwendung aufweist...«

»Noch dazu ist in dieser Nacht geraucht worden«, erzählte sie weiter. »Weder meine Tante noch ich rauchen. Gestern hat uns auch niemand besucht. Aber trotzdem roch es heute morgen im Wohnzimmer nach Zigarettenrauch...«

»Ich werde mir das einmal ansehen...«

»Das würde ich gern vermeiden... Meine Tante ist nicht sehr umgänglich... Sie würde mir das übelnehmen, um so mehr, weil ich ihr nichts davon gesagt habe...«

»Was erwarten Sie dann von der Polizei?«

»Ich weiß es nicht... Ich vertraue auf Sie... Vielleicht könnten Sie sich einige Nächte lang im Treppenhaus aufhalten...«

Armes Ding, wenn sie glaubte, daß die Aufgabe eines Kommissars der Kriminalpolizei darin bestand, die Nacht in einem Treppenhaus zu verbringen, um das Gerede eines jungen Mädchens zu überprüfen!

»Ich schicke Ihnen heute abend Lucas.«

»Kommen Sie nicht selbst?«

Nein! Und noch einmal nein! Das war zuviel verlangt! Und ihr Unmut, da hatten Maigrets Kollegen recht, erinnerte an den Unmut einer Verliebten.

»Es wird vielleicht nicht in dieser Nacht sein... Es wird in drei, in fünf, in zehn Tagen sein... Wie soll ich das wissen?... Ich habe Angst, Herr Kommissar... Bei dem Gedanken, daß jemand...«

»Wo wohnen Sie?«

»In Bourg-la-Reine, einen Kilometer nach der Porte d'Orléans, an der Route Nationale... Genau gegenüber der fünften Haltestelle der Straßenbahn... Ein großes, fünfstöckiges Backsteingebäude... Im Erdgeschoß gibt es eine Fahrradhandlung und ein Lebensmittelgeschäft... Wir wohnen im fünften Stock...«

Lucas war hingefahren. Er hatte sich bei den Nachbarn erkundigt.

Voller Zweifel war er zurückgekehrt.

»Eine alte Frau, die seit ein paar Monaten das Haus nicht mehr verläßt, und ihre Nichte, die bei ihr Dienstmädchen und Krankenpflegerin spielt...«

Sie hatten die örtliche Polizei auf das Haus aufmerksam gemacht und es nahezu einen Monat lang überwachen lassen. Doch man hatte nachts nie andere Personen als die Mieter hineingehen sehen.

Dennoch war Cécile erneut zum Quai des Orfèvres gekommen.

»Er war wieder da, Herr Kommissar... Diesmal hat er Tintenspuren auf dem Löscher hinterlassen, an dem ich erst gestern abend das Löschblatt ausgewechselt hatte...«

»Und er hat nichts mitgenommen?«

»Nein, nichts ...«

Maigret hatte die Unvorsichtigkeit begangen, seinen Kollegen die Geschichte zu erzählen, und der ganze Quai des Orfèvres hatte sich darüber amüsiert.

»Maigret hat eine Eroberung gemacht ...«

Durch die Scheiben des Wartezimmers hatten sie das schielende Fräulein beäugt. Sie waren in sein Büro hineingeplatzt.

»Beeil dich! Besuch ist für dich da!«

»Wer?«

»Deine Verehrerin ...«

Acht Nächte hintereinander hatte sich Lucas im Treppenhaus auf die Lauer gelegt, aber nichts gesehen und nichts gehört.

»Vielleicht morgen ...«, hatte Cécile gemeint.

Schließlich hatte man weitere Unkosten vermieden.

»Cécile ist da ...«

Cécile war berühmt geworden. Jeder hatte sie mittlerweile Cécile genannt. Wollte ein Inspektor in das Büro des Kommissars gehen, hatte es geheißen:

»Vorsicht! Es ist jemand drinnen ...«

»Wer denn?«

»Cécile!«

Maigret mußte an der Porte d'Orléans umsteigen. An der fünften Haltestelle stieg er aus. Rechts ragte zwischen zwei unbebauten Grundstücken ein alleinstehendes Haus auf, das wie eine schmale, hohe Scheibe eines Schichtkuchens aussah.

Nichts Ungewöhnliches. Autos, die Richtung Arpajon und Orléans brausten. Lastwagen, die von den Markthallen zurückkamen. Die Eingangstür des Gebäudes lag zwischen dem Laden des Fahrradhändlers und dem Lebensmittelgeschäft. Die Concierge schälte gerade Karotten.

»Ist Mademoiselle Pardon schon zu Hause?«

»Mademoiselle Cécile?... Ich glaube nicht... Läuten Sie ruhig... Madame Boynet wird Ihnen aufmachen...«

»Ich denke, sie ist gelähmt...«

»Ja fast... Aber sie hat sich eine Anlage installieren lassen, damit sie von ihrem Sessel aus die Tür öffnen kann... So eine wie hier in der Pförtnerloge unten... Ganz zu schweigen davon, daß sie, wenn sie will...«

Fünf Stockwerke. Maigret verabscheute Treppen. Diese hier war düster und mit einem Läufer belegt, dessen Farbe an Tabakbrühe erinnerte. Die Wände waren speckig. Je nachdem, was gerade gekocht wurde, roch es von Treppenabsatz zu Treppenabsatz anders; die Geräusche änderten sich ebenfalls. Klavierklänge, Kindergeschrei und irgendwo der Widerhall eines heftigen Streits.

Auf der linken Seite des fünften Stockwerks eine verstaubte Visitenkarte unter dem Klingelknopf: Jean Siveschi. Also war es rechts. Er schellte. Der Klang drang von Raum zu Raum, doch an der Tür war weder das Schnappen eines Schlosses zu vernehmen, noch öffnete sie sich. Er klingelte erneut. Sein Unbehagen verwandelte sich in Besorgnis, seine Besorgnis in Gewissensbisse.

»Was ist denn los?« fragte eine weibliche Stimme hinter ihm.

Er wandte sich um und erblickte ein junges, ein

wenig pummeliges Mädchen, dessen hellblauer Morgenmantel seine Reize noch unterstrich...

»Madame Boynet...«

»Ja, ja, das ist hier...«, bestätigte das Mädchen mit einem leichten ausländischen Akzent. »Hat Ihnen niemand aufgemacht?... Das ist merkwürdig...«

Sie läutete ebenfalls, und während sie den Arm nach der Klingelschnur ausstreckte, entblößte sie ein Stück nackte Haut.

»Selbst wenn Cécile nicht da ist, macht ihre Tante...«

Maigret blieb etwa zehn Minuten dort, auf dem Treppenabsatz, dann mußte er beinahe einen Kilometer zu Fuß gehen, bis er endlich einen Schlosser fand. Bei dem Geräusch an der Tür eilte nicht nur das junge Mädchen wieder herbei, sondern auch ihre Mutter und ihre Schwester.

»Glauben Sie, daß ein Unglück geschehen ist?...«

Die Tür ließ sich öffnen, ohne daß man das Schloß aufbrechen mußte, an dem keine Spuren von Gewaltanwendung festzustellen waren. Maigret betrat als erster das mit alten Möbeln und Nippfiguren vollgestellte Appartement; er achtete nicht auf Einzelheiten. Ein Wohnzimmer... Ein Eßzimmer... Eine offene Tür und, auf einem Mahagonibett, eine alte Frau mit gefärbten Haaren, die...

»Bitte gehen Sie hinaus... So hören Sie doch!« schimpfte er, während er sich zu den drei Nachbarinnen umdrehte. »Wenn Ihnen das Spaß macht, tun Sie mir leid...«

Ein seltsamer Leichnam: eine kleine, rundliche, alte

Frau, schlecht geschminkt, strohfarbenes, zu stark blondiertes Haar, aber mit sichtbar weißem Ansatz; ein roter Hausmantel und ein Strumpf, nur einer, auf dem Bein, das über den Bettrand hing.

Es bestand kein Zweifel: Sie war erwürgt worden.

Mit finsterer, sorgenvoller Miene trat er wieder ins Treppenhaus hinaus:

»Ich brauche dringend einen Polizisten von hier...«

Fünf Minuten später telefonierte er von der verglasten Kabine eines benachbarten Bistros aus.

»Hallo... Hier Kommissar Maigret... Wer ist am Apparat?... Gut!... Sag mal, Kleiner... Cécile ist noch nicht zurückgekommen?... Lauf zur Staatsanwaltschaft rüber... Versuch, mit dem Staatsanwalt persönlich zu reden... Sag ihm... Hörst du?... Ich, ich bleibe hier... Hallo!... Sag auch dem Erkennungsdienst Bescheid... Wenn Cécile trotz allem doch auftauchen sollte... Was ist los?... Laß das, Kleiner, da gibt es im Moment wirklich nichts zu lachen...«

Als er das Bistro verließ, nachdem er am Tresen ein Glas Rum hinuntergekippt hatte, standen etwa fünfzig Personen vor dem wie ein Schichtkuchen geformten Gebäude.

Unwillkürlich suchten seine Augen nach Cécile.

Er sollte erst gegen fünf Uhr nachmittags erfahren, daß Cécile tot war.

2

Madame Maigret durfte wieder einmal allein vor den beiden Gedecken stehen, die sie auf dem runden Tisch aufgelegt hatte. Sie war ja daran gewöhnt! Und es nützte gar nichts, daß sie ein Telefon hatten installieren lassen: Maigret vergaß wieder einmal, sie anzurufen. Was den jungen Duchemin betraf, so würde Cassieux es auf sich nehmen müssen, ihm wie üblich die Leviten zu lesen.

Langsam und mit Sorgenfalten auf der Stirn stieg der Kommissar wieder die fünf Stockwerke hinauf, ohne sich bewußt zu werden, daß auf jedem Treppenabsatz Mieter herumstanden. Er dachte an Cécile, an dieses reizlose Mädchen, über das sie sich so lustig gemacht hatten und der manche in der Kriminalpolizei nachsagten, sie sei in Maigret vernarrt.

Hier lebte sie also, in diesem Vorstadthaus; diese düstere Treppe stieg sie jeden Tag hinunter und wieder hinauf; diese Atmosphäre war es, die noch in ihrer Kleidung hing, wenn sie scheu und geduldig am Quai des Orfèvres im Wartezimmer Platz nahm.

Wenn Maigret sich herabgelassen hatte, sie zu empfangen, hatte er sie dann nicht nur voller Überheblichkeit und mit kaum verhohlener Ironie gefragt:

»Nun, haben sich die Dinge heute nacht wieder bewegt? Ist das Tintenfaß ans andere Ende des Schreibtischs gewandert? Hat der Brieföffner seinen Platz in der Schublade geräumt?«

Im fünften Stock wies er den Polizisten an, niemanden in die Wohnung hineinzulassen, und stieß die Tür auf, dann besann er sich und untersuchte die Glocke. Es war keine elektrische Klingel, sondern eine dicke, rot-gelbe Kordel, die am Eingang hing. Er zog an ihr. Ein klösterliches Geläute ertönte im Wohnzimmer.

»Hören Sie, Wachtmeister, Sie passen auf, daß niemand diese Tür berührt...«

Wegen möglicher Fingerabdrücke, aber er glaubte eigentlich nicht daran. Er war verärgert. Immer noch verfolgte ihn Céciles Bild, wie sie im Aquarium saß, denn so nannten sie am Quai das Wartezimmer, dessen eine Wand vollständig verglast war.

Auch ohne Arzt zu sein, konnte er mühelos feststellen, daß der Tod der alten Dame schon vor etlichen Stunden eingetreten war, also lange vor der Ankunft ihrer Nichte am Quai des Orfèvres.

Ob Cécile das Verbrechen miterlebt hatte? Wenn ja, dann hatte sie sich nicht bemerkbar gemacht, hatte nicht geschrien. Sie war bis zum Morgen mit der Leiche in der Wohnung geblieben und hatte sich wie üblich gewaschen, angezogen und gekämmt. Er hatte sie, als er im Gebäude der Kriminalpolizei eintraf, lange genug gesehen, um zu erkennen, daß sie normal gekleidet war.

Außerdem ging er diesem Detail, das ihm wichtig schien, sogleich nach. Er suchte ihr Zimmer. Er fand es nicht auf Anhieb. Zur Straße hin lagen drei Räume: das Wohnzimmer, das Eßzimmer und das Schlafzimmer der Tante.

Rechts der Diele eine Küche und ein Waschraum mit einem Abtritt. Er machte eine Tür auf der anderen Seite der Küche auf, und dort entdeckte er eine winzige, durch ein Oberlicht nur spärlich beleuchtete Kammer, die mit einem Feldbett, einem Waschtisch und einem Spind ausgestattet war und Cécile als Zimmer diente.

Das Bett war nicht gemacht. In einer Waschschüssel stand noch Seifenwasser, und zwischen den Zinken des Kamms hingen ein paar dunkle Haare. Ein Morgenrock aus lachsfarbenem Flanell lag über einem Stuhl.

Wußte Cécile, während sie sich ankleidete, bereits Bescheid? Es mochte kaum hell gewesen sein, als sie auf die Straße hinaustrat, oder vielmehr auf die Route Nationale, die am Haus vorbeiführte, und an der keine hundert Meter von hier entfernten Haltestelle auf die Straßenbahn wartete. Es hatte dichter Nebel geherrscht.

Bei der Kriminalpolizei hatte sie ihren Meldezettel ausgefüllt und sich im Wartezimmer vor die Tafel mit dem Trauerrand gesetzt, auf der die Fotos der auf dem Felde der Ehre gefallenen Inspektoren zu sehen waren.

Maigret war endlich im Treppenhaus erschienen. Mit einem Satz war sie aufgesprungen. Gleich würde er sie nun empfangen. Sie würde reden können...

Aber nein, er hatte sie über eine Stunde warten lassen. Auf den Fluren war es allmählich lebendig geworden. Inspektoren hatten einander lautstark begrüßt. Türen waren geöffnet und wieder geschlossen worden. Verschiedene Leute hatten im Aquarium Platz genommen, und der Bürodiener war gekommen, um einen nach dem anderen aufzurufen. Sie allein war übriggeblieben... Sie allein hatte immer noch gewartet...

Was mochte sie dazu bewogen haben wegzugehen?

Maigret stopfte mechanisch seine Pfeife. Er hörte Stimmen vor der Tür; es waren die Mieter, die das Ereignis besprachen und denen der Polizist halbherzig empfahl, in ihre eigenen Wohnungen zurückzukehren.

Was war nur aus Cécile geworden?

Während der geschlagenen Stunde, die er allein in den Räumen zubrachte, ließ ihn dieser Gedanke nicht los und versetzte ihn in jenen Zustand, in dem er schwerfällig, beinahe schläfrig wirkte und den seine Mitarbeiter so gut an ihm kannten.

Dennoch arbeitete er, auf seine Weise. So hatte er sich die Atmosphäre des Hauses bereits gründlich eingeprägt. Schon in der Diele oder vielmehr in dem langen, dunklen Gang, der als Diele diente, hing ein Alteleutegeruch, roch man förmlich die Armseligkeit der Bewohner. In diesem kleinen Appartement stand genügend Mobiliar herum, um doppelt so viele Zimmer damit einzurichten, aber lauter alte Möbel aller möglichen Epochen, aller möglichen Stilrichtungen, und kein einziges wertvolles Stück. Es erinnerte an die Versteigerungen auf dem Land, bei denen nach einem Todesfall oder nach einem Konkurs der Öffentlichkeit plötzlich gestattet wird, in die verborgenen Winkel steifer Bürgerhäuser einzudringen.

Allerdings herrschte keinerlei Unordnung, alles war peinlich sauber, jede noch so winzige Fläche war blankpoliert, und selbst die kleinsten Nippes standen an ihrem Platz.

Die Räume hätten ebensogut mit Kerzen wie mit Petroleumlampen, Gas oder elektrischem Licht beleuchtet sein können: sie ließen sich in keine bestimmte Zeit einordnen, und im übrigen hingen die Glühbirnen auch in ehemaligen Petroleumlampen.

Der Salon war eigentlich kein Salon, sondern eine Ansammlung von Trödel, an den Wänden Familienporträts, Aquarelle und wertlose Stiche in ihren schwarz und goldfarben gestrichenen, verschnörkelten Stuckrahmen. In der Nähe des Fensters thronte ein riesiger Sekretär aus Mahagoni mit ausziehbarer Schreibplatte, wie man sie bisweilen noch bei Schloßverwaltern sieht. Maigret wickelte sich ein Taschentuch um die Hand und öffnete nacheinander alle Schubladen. Da lagen Schlüssel, Stummel von Siegellackstangen, Pillendosen, eine Lorgnette ohne Gläser, zwanzig Jahre alte Notizbücher und vergilbte Rechnungen. Der Sekretär war nicht aufgebrochen worden. Vier Schubladen waren leer.

Mehrere Lehnsessel mit abgewetztem Bezug, ein kleiner Aktenschrank, ein Nähtischchen, zwei Louis-Quatorze-Standuhren. Im Eßzimmer fand Maigret noch eine Standuhr vor. Eine hatte er schon in der Diele gesehen, und er stellte überrascht, ja beinahe belustigt fest, daß dieses Möbel auch im Schlafzimmer der Toten in doppelter Ausgabe vorhanden war.

Offensichtlich eine Marotte! Am erstaunlichsten aber war, daß all diese Uhren gingen. Maigret merkte es am Mittag, als sie der Reihe nach zu schlagen begannen.

Zu viele Möbel auch im Eßzimmer, wo man sich kaum zwischen ihnen bewegen konnte. Da wie dort hingen schwere Vorhänge vor den Fenstern, als scheuten die Bewohner das Licht.

Warum hatte die alte Frau mitten in der Nacht, als sie vom Tod überrascht worden war, einen Strumpf angehabt? Er suchte den zweiten und fand ihn auf dem Bettvorleger. Strümpfe aus dicker schwarzer Wolle. Die Beine der Toten waren geschwollen, blau angelaufen, und Maigret schloß daraus, daß Céciles Tante an Wassersucht gelitten hatte. Ein Krückstock, den er vom Parkettboden aufhob, bewies ihm, daß sie nicht vollkommen bettlägerig gewesen war, sondern daß sie innerhalb der Wohnung hatte herumgehen können.

Schließlich war über dem Bett noch so eine ähnliche Kordel wie im Treppenhaus befestigt. Er zog daran, lauschte, hörte die Eingangstür aufschnappen und ging sie wieder schließen, wobei er über die Mieter schimpfte, die immer noch auf dem Treppenabsatz versammelt waren.

Warum hatte Cécile plötzlich den Quai des Orfèvres verlassen? Was mochte sie zu diesem Entschluß bewogen haben, wenn sie dem Kommissar doch eine so schlimme Nachricht zu überbringen hatte?

Sie allein wußte es. Sie allein konnte es ihm sagen, und je mehr Zeit verstrich, desto unruhiger wurde Maigret.

Was mochten die beiden Frauen nur den ganzen Tag getan haben, fragte er sich unwillkürlich beim Anblick so vieler Möbelstücke, auf denen der zerbrechliche Zierat überhandgenommen hatte: diese Figuren aus Filigranglas, aus dünner Fayence, die einen häßlicher als die anderen, Glaskugeln, in denen die Grotte von

Lourdes oder die Bucht von Neapel zu sehen waren, Fotos, die aus ihren Rahmen aus Kupferdraht herauszufallen drohten, eine beinahe durchsichtige japanische Tasse, deren Henkel wieder angeklebt worden war, und künstliche Blumen in verschiedenartigen Champagnerkelchen.

Noch einmal betrat er das Schlafzimmer der Tante, die immer noch auf ihrem Mahagonibett lag, mit diesem Strumpf an einem Bein, für den er keine Erklärung hatte.

Es war etwa ein Uhr, als unten auf dem Gehsteig ein Getümmel entstand, das sich alsbald ins Treppenhaus und vor die Wohnungstür verlagerte. Der Kommissar saß zu diesem Zeitpunkt in einem tiefen Lehnsessel des Wohnzimmers, in Hut und Mantel, und er hatte so viel geraucht, daß bläulicher Dunst in der Luft hing. Er zuckte zusammen, als wäre er aus einem Traum erwacht. Er hatte Stimmen gehört.

»Nun, mein lieber Kommissar?...«

Bideau, der Vertreter des Staatsanwalts, reichte ihm lächelnd die Hand, hinter ihm der winzige Untersuchungsrichter Mabille, der Gerichtsmediziner und der Schreiber, der bereits nach einem Tisch Ausschau hielt, auf dem er seine Papiere ausbreiten konnte.

»Ein interessanter Fall? Na, so etwas! Das ist wirklich nicht lustig hier...«

Im nächsten Augenblick hielt der Wagen des Erkennungsdienstes am Straßenrand, und die Fotografen fielen mit ihren gewaltigen Apparaten in das Haus ein. Ein wenig eingeschüchtert zwängte sich der Polizeikommissar von Bourg-la-Reine zwischen all diesen

Herren hindurch und bedauerte sehr, daß sich niemand um ihn kümmerte.

»Gehen Sie bitte in Ihre Wohnungen zurück, meine Damen und Herren ...«, sagte der Polizist, der an der Türschwelle Wache hielt, ein ums andere Mal. »Hier gibt es nichts zu sehen ... Sie werden gleich alle der Reihe nach vernommen ... Aber um Himmels willen gehen Sie ... Gehen Sie! ... So gehen Sie doch! ...«

Es war fünf Uhr nachmittags. Der Nebel hatte sich in Sprühregen verwandelt, und daher waren die Straßenlaternen früher als gewöhnlich eingeschaltet worden. Den Hut tief in die Stirn gedrückt, hastete Maigret durch den zugigen Torbogen der Kriminalpolizei und stieg schnell die schlecht beleuchtete Treppe hinauf.

Unwillkürlich warf er einen Blick auf das Aquarium, das diesen Namen bei elektrischem Licht mehr denn je verdiente. Vier oder fünf Personen saßen da, reglos, wie die Wachsfiguren im Grévin-Museum, und der Kommissar fragte sich, warum man für das Wartezimmer diese grüne Tapete und diese in Grün gehaltenen Sitze samt grünem Tisch ausgesucht hatte, in deren Widerschein die Gesichter fahl wie Leichen aussahen.

»Ich glaube, man sucht Sie, Herr Kommissar«, sagte im Vorübereilen ein Inspektor mit mehreren Aktenbündeln unterm Arm.

»Der Chef will Sie sprechen«, meldete sich der Bürodiener, der gerade Briefe frankierte.

Ohne vorher in sein Zimmer zu gehen, klopfte Maigret an die Tür des Direktors. Die Lampe auf dem Schreibtisch war die einzige, die brannte.

»Nun, Maigret?«

Schweigen.

»Eine unerfreuliche Geschichte, nicht wahr? Tut mir leid, mein Lieber... Nichts Neues da draußen?«

Maigret spürte, daß der Chef ihm etwas Unangenehmes mitzuteilen hatte. Er zog die buschigen Augenbrauen hoch und wartete ab.

»Ich wollte Sie benachrichtigen, aber Sie waren in Bourg-la-Reine schon weg... Es geht um die junge Frau... Victor hat vorhin...«

Der stotternde Victor war einer der Hausmeister im Palais de Justice. Er hatte einen Schnauzbart wie ein Walroß und eine Stimme, die beinahe so heiser klang wie die eines Seehunds.

»... Victor ist auf dem Gang dem Staatsanwalt begegnet... Der war gerade schlecht gelaunt...

›Nennen Sie das einen gefegten Fußboden, mein Freund?‹«

Dabei wußte ein jeder, wenn der Staatsanwalt jemanden *mein Freund* nannte, dann...

Maigret versuchte, in Gedanken die Worte des Direktors der Kriminalpolizei vorherzusagen.

»Kurz, Victor rannte in seinem Schrecken zur Besenkammer... Raten Sie mal, wen er dort fand...«

»Cécile«, antwortete der Kommissar ohne Verwunderung und senkte den Kopf.

Er hatte da draußen Zeit gehabt, während sich um ihn herum das vollzog, was man die übliche Beweisaufnahme nennt, alle möglichen Vermutungen über Cécile anzustellen, aber keine hatte ihn befriedigt. Er war immerfort zu derselben Frage zurückgekehrt:

›Was mochte sie nur dazu gebracht haben, den Quai des Orfèvres zu verlassen, obwohl sie mir etwas so Wichtiges zu sagen hatte?‹

Mehr und mehr war er zu der Überzeugung gelangt, daß sie nicht von sich aus weggegangen war. Jemand hatte sich an sie herangemacht, in den ureigensten Gefilden der Polizei, nur wenige Schritte von Maigret entfernt, und Cécile war ihm gefolgt...

Womit hatte man sie weggelockt? Wer hatte genügend Einfluß auf das Mädchen, um...

Jetzt, plötzlich, ging ihm ein Licht auf.

»Ich hätte es ahnen müssen!« grollte er und schlug sich mit der Faust vor die Stirn.

»Was meinen Sie?«

»Ich hätte es mir denken können, daß sie das Haus nicht verlassen hatte, daß nichts und niemand imstande gewesen wäre, sie dazu zu bewegen, das Haus zu verlassen...«

Er war auf sich selbst wütend.

»Natürlich ist sie tot«, murmelte er, während er zu Boden blickte.

»Ja... Kommen Sie bitte mit...«

Der Direktor drückte auf den Knopf der Gegensprechanlage und erklärte dem Bürodiener:

»Falls jemand nach mir fragt oder mich am Telefon verlangt, ich bin gleich wieder da...«

Es bedrückte sie beide gleichermaßen, aber dem Kommissar lastete es obendrein schwer auf dem Gewissen. Ein Tag, der so schön begonnen hatte! Der Duft von Milchkaffee, Croissants und Rum fiel ihm wieder ein... Der lichtdurchflutete Morgennebel...

»Übrigens... Janvier hat angerufen... Es scheint, Ihre Polen...«

Maigret winkte ab, als wollte er alle Polen der Welt aus seinem Blickfeld verbannen.

Der Direktor hatte eine Glastür aufgestoßen. Seit mindestens zehn Jahren war davon die Rede, sie zuzumauern, aber man zögerte aus praktischen Erwägungen. Durch diese Tür gelangte man nämlich direkt von der Kriminalpolizei ins Palais de Justice und zu den Archiven des Erkennungsdienstes. Das Ganze hatte eine gewisse Ähnlichkeit mit den Kulissen eines Theaters: enge Treppen, weit verzweigte Korridore... Wenn man einen Angeklagten zur Staatsanwaltschaft bringen mußte...

Rechts eine Treppe zum Dachgeschoß, zum Erkennungsdienst und zum Labor... Etwas weiter eine Tür mit Milchglasscheiben und jenseits dieser Tür das Stimmengewirr des Palais de Justice, der Anwälte, die kamen und gingen, der Schaulustigen, der vielen Menschen, die sich Strafprozesse und Verhandlungen vorm Schwurgericht anhörten...

Vor einer schmaleren, Gott weiß warum mitten in die Mauer eingelassenen Tür zog ein Inspektor an seiner Zigarette, die er ausdrückte, sobald er die beiden Männer kommen sah.

Wer kannte diese Tür? Nur wer mit dem Haus vertraut war! Sie führte zu einer Art tiefem Wandschrank, einer etwa zwei Meter breiten Mauernische, in der Victor, der lange Wege scheute, Besen und Schaufeln aufbewahrte.

Der Inspektor trat beiseite. Der Chef öffnete die

Tür, und da der Verschlag nicht beleuchtet war, zündete er ein Streichholz an.

»Da ist sie...«, sagte er.

Céciles Körper hatte sich beim Fallen nicht einmal in voller Länge ausstrecken können, so daß ihr Rücken noch an der Wand lehnte, während ihr der Kopf auf die Brust gesunken war.

Maigret, dem plötzlich heiß geworden war, wischte sich mit dem Taschentuch über das Gesicht und steckte seine noch brennende Pfeife in die Tasche.

Es bedurfte nicht vieler Worte. Sie betrachteten sie, alle beide, der Direktor und der Kommissar, und dieser nahm mechanisch den Hut ab.

»Wissen Sie, was ich glaube, Chef? Irgendwer ist ins Wartezimmer hinein und hat ihr gesagt, daß ich sie woanders als in meinem Büro empfange... Einer, von dem sie gedacht hat, er gehöre zur Kriminalpolizei.«

Der Direktor nickte nur.

»Es mußte schnell gehen, verstehen Sie?... Ich konnte sie ja jeden Augenblick holen lassen... Sie kannte den Mörder ihrer Tante... Diese Tür, hinter der es vollkommen dunkel war, wurde aufgemacht... Und kaum hatte Cécile einen Schritt getan...«

»Man hat zuerst mit einem Knüppel oder etwas Ähnlichem zugeschlagen, um sie zu betäuben...«

Der lächerliche grüne Hut, der am Boden lag, bestätigte diese Vermutung. Obendrein klebte etwas geronnenes Blut in den dunklen Haaren des Mädchens.

»Sie mußte getaumelt sein, vielleicht gestürzt, und um sie möglichst lautlos zu töten, hat der Mörder sie erwürgt...«

»Sind Sie sicher, Chef?«

»Das ist jedenfalls die Meinung des Gerichtsmediziners... Ich wollte nur erst auf Sie warten, ehe die Autopsie vorgenommen wird... Was wundert Sie daran? Ihre Tante ist doch auch erwürgt worden, nicht wahr?«

»Eben...«

»Was wollen Sie damit sagen, Maigret?«

»Daß ich nicht annehme, daß derselbe Mann beide Verbrechen begangen haben kann... Als Cécile sich heute morgen anmeldete, da wußte sie, wer ihre Tante ermordet hat...«

»Glauben Sie?«

»Andernfalls hätte sie früher Alarm geschlagen... Die Tante ist nach Auskunft des Arztes vor zwei Uhr früh gestorben... Entweder hat Cécile das Verbrechen miterlebt...«

»Warum hat dann der Mörder sie nicht auch in Bourg-la-Reine umgebracht?«

»Vielleicht hatte sie sich versteckt... Oder, was auch möglich wäre, sie hat die Leiche ihrer Tante erst entdeckt, als sie heute morgen gegen halb sieben Uhr aufstand; ihr Wecker war nämlich auf diese Zeit gestellt... Sie hat niemandem etwas gesagt... Sie ist hierher geeilt...«

»Das ist seltsam...«

»Nicht, wenn man davon ausgeht, daß sie den Täter kannte... Sie wollte mit mir darüber sprechen... Sie traute dem Kommissar von Bourg-la-Reine nicht... Daß man sie getötet hat, um sie am Reden zu hindern, beweist, daß sie wußte, wer es war...«

»Und wenn Sie sie heute morgen gleich empfangen hätten?«

Maigret wurde rot, was ihm nur selten widerfuhr.

»Hm! Ja... Etwas verstehe ich nicht... Vielleicht konnte der Mörder im gegebenen Augenblick nicht tun, was er wollte... Oder er wußte noch nicht...«

Plötzlich schien er einen anderen Gedanken zu verfolgen.

»Das ergibt doch keinen Sinn«, knurrte er.

»Was ergibt keinen Sinn?«

»Das, was ich sage... Wäre der Mörder der alten Frau im Aquarium aufgetaucht...«

»Im Aquarium?«

»Entschuldigen Sie bitte, Chef... So nennen die Inspektoren das Wartezimmer... Mit ihm wäre Cécile nicht mitgegangen. Also muß ein anderer gekommen sein... Ein anderer, den sie entweder nicht kannte, oder einer, zu dem sie Vertrauen hatte...«

Und Maigret stierte eigensinnig, wie besessen, auf das kleine, dunkle, zwischen Besen und Schaufeln an der Wand des Kabuffs zusammengesunkene Häufchen.

»Es muß jemand gewesen sein, den sie nicht kannte!« sagte er auf einmal entschieden.

»Warum?«

»Draußen wäre sie möglicherweise jemandem gefolgt, den sie kannte. Hier nicht!... Ich gebe zu, daß ich schon damit gerechnet habe, man würde sie in der Seine wiederfinden oder auf irgendeinem verwilderten Grundstück... Aber...«

Er trat zwei Schritte vor, bückte sich, um durch die niedrige Tür in den Verschlag hineinzugehen, zündete ein Streichholz an, dann noch eins und schob den Leichnam ein wenig zur Seite.

»Was suchen Sie denn, Maigret?«

»Ihre Tasche...«

Eine Tasche, die für Cécile ebenso charakteristisch war wie der unbeschreibliche grüne Hut, eine Tasche, so groß wie ein Schulranzen, die sie, wenn sie im Aquarium wartete, stets wie eine Kostbarkeit auf ihren Knien hielt.

»Sie ist verschwunden...«

»Was schließen Sie daraus?...«

Da ließ Maigret ohne Rücksicht auf die dienstliche Rangordnung seiner Nervosität freien Lauf.

»Daraus schließen! Daraus schließen! Sind Sie vielleicht imstande, daraus etwas zu schließen, wie?«

Er bemerkte, daß der blonde Inspektor in ihrer Nähe den Kopf abwandte, und faßte sich wieder.

»Verzeihung, Chef... Aber Sie werden nicht bestreiten, daß es bei uns zugeht wie auf einem Bahnhof... Daß jemand einfach das Wartezimmer betreten konnte und...«

Er kochte. Voller Wut biß er auf seine erloschene Pfeife.

»Ganz zu schweigen von dieser verflixten Tür, die schon seit langem zugemauert gehört.«

»Wenn Sie das Mädchen gleich empfangen hätten, als...«

Armer Maigret! Es tat weh mitanzusehen, wie er, groß und stark und scheinbar unerschütterlich wie ein Fels, den Kopf senkte, auf dieses Bündel aus schlaffen Kleidern zu seinen Füßen, auf dieses Häuflein leblose

Materie hinunterschaute und sich erneut mit seinem Taschentuch das Gesicht abwischte.

»Was machen wir jetzt?« fragte der Direktor, um ihn auf andere Gedanken zu bringen.

Öffentlich eingestehen, daß in den Räumen der Kriminalpolizei, genauer gesagt, in diesem schmalen Schlauch, der die Polizei und das Palais de Justice verbindet, ein Verbrechen begangen wurde?

»Ich möchte Sie um etwas bitten... Könnte nicht Lucas die Sache mit den Polen weiterverfolgen?...«

War es vielleicht der Hunger? Maigret hatte seit dem Morgen nichts gegessen. Dafür hatte er dreimal etwas getrunken und nun ein flaues Gefühl im Magen.

»Wenn Sie wollen...«

»Schließen Sie diese Tür, mein Lieber... Bewachen Sie sie weiterhin... Ich bin gleich wieder da...«

Von seinem Büro aus rief Maigret, ohne Hut und Mantel abzulegen, Madame Maigret an:

»Nein... Ich weiß nicht, wann ich nach Hause komme... Ich kann es dir jetzt nicht erklären, es ist zu kompliziert... Aber nein!... Ich bleibe in Paris...«

Sollte er sich wie üblich aus der ›Brasserie Dauphine‹ Sandwiches heraufschicken lassen? Er brauchte Luft. Draußen nieselte es noch immer. Da ging er lieber in das kleine Restaurant bei der Statue von Henri IV. am Pont-Neuf.

»Mit Schinken...«, bestellte er.

»Wie geht's, Herr Kommissar?«

Der Kellner kannte ihn. Wenn Maigret diese schweren Augenlider hatte und diese undurchdringliche Miene aufsetzte...

»Viel zu tun?«

In der Nähe der Theke spielten einige Gäste Belote. Andere bearbeiteten hartnäckig den Spielautomaten.

Maigret biß in sein Sandwich, während er daran dachte, daß Cécile tot war, wobei ihm trotz seines schweren Überziehers ein kalter Schauer den Rücken hinunterlief.

3

Bisweilen zuckte Maigret nur mit den Schultern, wenn sich in seiner Gegenwart jemand über die Schicksalsergebenheit kleiner Leute, Kranker, Behinderter und abertausend anderer ereiferte, die vollkommen zurückgezogen, ohne auf eine Zukunft hoffen zu können, in irgendeinem Schlupfwinkel der großen Stadt lebten; er wußte aus Erfahrung, daß sich das Tier im Menschen an jeden beliebigen Bau gewöhnt, sobald es ihn mit seiner Wärme, seinem Geruch, seinen Gewohnheiten zu erfüllen vermag.

Die Pförtnerloge, in der er in einem knarrenden Korbsessel Platz genommen hatte, maß keine zwei Meter fünfzig auf drei Meter. Sie war recht niedrig. Die verglaste Tür, ohne Vorhang, führte in die Dunkelheit des Hausflurs, denn die Treppe war zumeist nicht beleuchtet, aber jeder Mieter schaltete das Licht ein, das nach ein paar Minuten automatisch wieder ausging. Ein Bett mit einem roten Plumeau. Auf dem Tisch die klebrigen Reste einer Schweinshachse, Brotkrümel auf dem braunen Wachstuch, ein Messer und daneben noch ein Schluck billiger Rotwein in einem Glas.

Auf einem Stuhl saß Madame Mit-Verlaub-gesagt und erzählte. Eine ihrer Wangen schien fast mit der Schulter verwachsen zu sein, was von ihrem chronisch steifen Hals herrührte, um den sie einen Thermoverband geschlungen hatte, dessen gräßliches, an Krankheit gemahnendes Rosa von ihrem schwarzen Schultertuch abstach.

»Nein, Herr Kommissar... In den Sessel setz ich mich nicht, mit Verlaub gesagt... Das ist der von meinem verstorbenen Mann, und trotz meines Alters, trotz meiner ganzen Wehwehchen würd ich es mir selber krummnehmen, wenn ich mich da hineinsetze!«

Es roch unangenehm nach dem Urin eines Katers, der schnurrend vorm Ofen lag. Die elektrische Glühbirne, vom Staub der Jahre trüb geworden, verbreitete rötliches Licht. Es war warm. Irgendwo hörte man den Regen auf ein Blechdach trommeln und alle paar Minuten das Brummen eines Autos, das mit hoher Geschwindigkeit auf der Route Nationale vorüberbrauste, manchmal auch das Dröhnen eines Lastwagens oder die quietschenden Bremsen der Straßenbahn.

»Wie ich, mit Verlaub, schon gesagt hab, war die arme Frau unsere Hauswirtin... Juliette Boynet, nach dem Namen ihres Seligen... Und wenn ich arme Frau sag, Herr Kommissar, dann ist das so eine höfliche Redensart, denn, entschuldigen Sie, sie war ein Luder, Gott hab sie selig... Erst vor kurzem hat er uns den Gefallen getan, der liebe Gott, und dafür gesorgt, daß ihre Beine nicht mehr richtig mitgemacht haben... Ich bin bestimmt nicht gehässiger als andere, und ich wünsch auch meinem Nächsten nichts Schlechtes, aber in der Zeit, in der sie herumgelaufen ist wie jeder, da war es hier nicht auszuhalten...«

Kurz zuvor, im Kommissariat von Bourg-la-Reine, war Maigret erstaunt gewesen, als er erfuhr, daß die

Tote noch keine sechzig Jahre alt war, denn mit dem aufgedunsenen Gesicht und den weit vorstehenden Augen war sie ihm trotz der schlecht gefärbten Haare älter erschienen.

...Juliette Marie Jeanne Léontine Cazenove, verwitwete Boynet, 59 Jahre, geboren in Fontenay-le-Comte, Vendée, ohne Beruf...

Mit schiefem Hals, einem Haarknoten wie ein Pfirsichkern und das schwarze Wolltuch eng um die magere Brust gezogen – wie häßlich sie wohl anzusehen sein mußte, diese Brust der alten Concierge! – saß Madame Mit-Verlaub-gesagt da und betete ihre Sprüche herunter, mit genüßlicher Zufriedenheit, so wie sie kurz zuvor wohl ihre Schweinshachse verzehrt hatte, und warf dabei ab und zu einen Blick auf die Glastür.

»Sie sehen ja, daß es ein ruhiges Haus ist... Um diese Zeit sind alle, oder fast alle, daheim...«

»Seit wann gehörte das Gebäude Madame Boynet?«

»Wahrscheinlich seit eh und je... Ihr Mann war Bauunternehmer... Er hat mehrere Häuser in Bourg-la-Reine gebaut... Er ist jung gestorben, war noch nicht einmal fünfzig, und das war sicher das Beste, was dem armen Mann passieren konnte... Nach seinem Tod ist sie hier eingezogen... Das ist jetzt fünfzehn Jahre her... Sie war, mit Verlaub gesagt, schon damals so wie heute, bloß, daß sie noch laufen konnte und mir und den Mietern dauernd im Genick saß... Wenn es das Unglück wollte und sie mal einen Hund oder eine Katze auf der Treppe erwischt hat... Oder wenn jemand die Unverschämtheit besessen hat, sie darum zu bitten, etwas reparieren zu lassen... Unser Haus war doch wahrhaftig das letzte im ganzen Viertel, das ans Stromnetz angeschlossen wurde...«

Im ersten Stock waren Schritte zu hören, dann Babygeschrei.

»Das ist bei Madame Bourniquel«, erklärte Madame Mit-Verlaub-gesagt. »Ihr Mann ist Reisender. Er hat ein kleines Auto. Jetzt muß er gerade im Südwesten unterwegs sein. Er bleibt so an die drei Monate fort. Sie haben schon vier Kinder und kriegen bald ein fünftes, auch wenn es wegen dem Kinderwagen Theater gegeben hat. Madame Boynet, Gott hab sie selig, hat nie erlaubt, daß sie ihn im Gang stehenlassen, so daß sie ihn zweimal am Tag rauf und runter tragen müssen... Ah! Da ist ihr Hausmädchen und bringt den Müll raus...«

Im Treppenhaus war das Licht aufgeflammt, und man sah ein Dienstmädchen mit weißer Schürze vorübergehen, dessen Umrisse durch den großen verzinkten Eimer, den es mit ausgestreckten Armen vor sich hertrug, völlig verzerrt waren.

»Wo war ich stehengeblieben?... Ach, ja... Sie trinken doch sicher ein Glas Wein, Herr Kommissar?... Aber ja! Ich hab noch 'nen besonders guten Tropfen da, eine Flasche, die mir Monsieur Bourniquel mitgebracht hat, er handelt nämlich mit Wein... Eines schönen Tages, es war vor ungefähr zwölf Jahren, da starb die Schwester von Madame Boynet in Fontenay; sie war auch Witwe, und Madame Boynet holte ihre drei Kinder her, zwei Mädchen und einen Jungen, und das ganze Viertel wunderte sich über diese Großzügigkeit... Damals hatte sie den fünften Stock noch für sich allein... Der Junge, Monsieur Gérard, zog als erster aus ... Er meldete sich freiwillig zum Militär, wahrscheinlich nur, damit er nicht mehr bei seiner Tante leben mußte ... Später hat er geheiratet ... Er wohnt in Paris, in der Gegend der Bastille ... Er kommt selten her ... Ich glaub, es geht ihm nicht besonders gut ...«

»Haben Sie ihn in letzter Zeit gesehen?«

»Meistens wartet er draußen, bis seine Schwester rauskommt ... Ein netter Junge ... Bei seiner Frau hat sich auch gerade Nachwuchs angesagt ... Letzte Woche war er da und ist sogar hinaufgegangen ... Ich hab mir gedacht, daß er sicher Geld braucht ... Er machte aber kein fröhliches Gesicht, als er wieder runterkam ... Wer, mit Verlaub gesagt, seiner Tante etwas abknöpfen wollte, der mußte freilich früh aufstehen ... Auf Ihr Wohl, Herr Kommissar! ...«

Sie wandte sich rasch um und faßte den Eingang ins Auge. Im Flur war es nach wie vor dunkel. Dennoch hörten sie ein leises Geräusch, und Madame Mit-Verlaub-gesagt stand auf und öffnete mit einem Ruck die Tür. Sie entdeckten die schemenhafte Gestalt eines Mädchens, das sich entfernte.

»Schleichen wir auch noch im Treppenhaus herum, Mademoiselle Nouchi! ... Das ist ja allerhand! ...«

Dann setzte sie sich erneut und jammerte:

»Wenn Sie wüßten, was es heißt, ein großes Haus am Hals zu haben! Diese Leute da ... Das sind die Mieter aus dem fünften Stock, die Nachbarn der Besitzerin ... Wie gesagt ... Zuerst ist Monsieur Gérard zur Armee gegangen ... Dann ist seine jüngere Schwester, Berthe, hier ausgezogen. Sie ist Verkäuferin in den Galeries

Lafayette und hat sich mit ihrer Tante auch nicht verstanden... Die Alte hat die Gelegenheit gleich genutzt und die Hälfte der Wohnung an Ungarn vermietet, an diese Siveschis... Sie haben zwei Töchter, Nouchi und Potsi... Potsi, das ist die Dicke, die dauernd halbnackt herumrennt... Allerdings taugt Nouchi, die erst sechzehn ist, auch nicht viel mehr... Sie treibt sich am Abend in allen möglichen Winkeln herum, manchmal steht sie in der Haustür...«

Es war wohl besser, wenn er die Concierge einfach erzählen ließ und versuchte, sie zu verstehen. Also, im ersten Stockwerk lebte die Familie Bourniquel: vier Kinder, Bourniquel verreist, ein Dienstmädchen und die Hoffnung auf erneute Mutterfreuden.

Im fünften die Siveschis. Maigret hatte am Morgen bereits ein erstes Musterexemplar aus dieser Familie zu Gesicht bekommen, die dicke, schamlose Potsi. Und eben hatte er die dünne Nouchi flüchtig gesehen.

»... Die Mutter redet ihnen nichts drein... Diese Leute haben ganz andere Ansichten als wir... Stellen Sie sich das einmal vor!... Erst letzte Woche, da hab ich ihnen die Post raufgebracht... Ich klopfe... Jemand ruft:

›Herein!‹

Und ich, arglos wie ich bin, mach die Tür auf, und was seh ich? Madame Siveschi, splitternackt, mit einer Zigarette in der Hand, und sie schaut mich an, ohne sich im mindesten zu genieren... Noch dazu waren ihre Töchter da!...«

»Welchen Beruf hat Monsieur Siveschi?«

»Sein Beruf, daß ich nicht lache, Monsieur, mit

Verlaub gesagt! Er kommt und geht... Er hat immer ein paar Bücher unterm Arm... Er geht auch einkaufen... Zwei Monate ist er mit der Miete im Rückstand, aber es stört ihn überhaupt nicht, wenn der Gerichtsvollzieher auftaucht... Man könnte fast meinen, daß es ihm Spaß macht... Der ist ganz anders als der arme, kleine Monsieur Leloup... Monsieur Gaston, wie ich ihn nenne... Der Fahrradhändler... Ein kleiner, wirklich tüchtiger Kerl, der einmal Zeitungsverkäufer war und sich tapfer sein Geschäft aufgebaut hat... Manchmal tut er sich am Monatsende recht schwer, und dann, ich schwör's Ihnen, traut er sich nicht, den Leuten ins Gesicht zu schauen, nicht einmal mir, obwohl ich doch... Vor knapp drei Monaten hat er geheiratet, und um das Geld für die Miete zu sparen, schlafen sie im Hinterzimmer ihres Ladens, zwischen Schläuchen und abmontierten Rädern... Hören Sie mal! Ich wette, daß dieses Biest von Nouchi...«

Maigret ging diesmal die Tür öffnen, hinter der er undeutlich das Gesicht der kleinen Ungarin wahrgenommen hatte, ihre großen, dunklen Augen, den blutroten Mund.

»Wünschen Sie etwas?« fragte er.

Und sie antwortete völlig unverfroren:

»Ich wollte Sie sehen... Ich hab gehört, daß der berühmte Kommissar Maigret...«

Sie blickte ihm in die Augen. Wenn sie auch schmal war und kaum Hüften hatte, so hatte sie doch stark entwickelte, spitze Brüste, die ein zu eng geschnürtes Mieder erst recht zur Geltung brachte.

»Nun, jetzt haben Sie mich ja gesehen...«

»Werden Sie mich auch verhören?«

»Haben Sie etwas auszusagen?«

»Vielleicht...«

Entrüstet stieß Madame Mit-Verlaub-gesagt einen Seufzer aus und hob den Kopf, soweit ihr schiefer Hals das zuließ.

»Kommen Sie herein... Worum handelt es sich?«

Die Kleine fühlte sich in der Pförtnerloge wie zu Hause. Sie strahlte. Man hätte meinen können, sie habe gewettet, daß es ihr gelingen würde, sich an den Kommissar heranzupirschen.

»Ich würde gern mit Ihnen über Monsieur Dandurand reden...«

»Wer ist das?« fragte Maigret zur Concierge gewandt.

Und die erklärte voller Empörung über Nouchis Anwesenheit:

»Ich weiß nicht, was Sie Ihnen erzählen wird, aber diese Gören, mit Verlaub gesagt, die lügen mit jedem Atemzug... Monsieur Dandurand ist ein ehemaliger Anwalt, ein vornehmer Herr, sehr seriös, ruhig und alles... Seit Jahren bewohnt er den ganzen vierten Stock... Er ißt auswärts... Er kriegt nie Besuch... Ich wette, daß er bald heimkommen wird...«

»Na ja!« meinte Nouchi gelassen, »Monsieur Dandurand ist ein altes Schwein... Jedesmal wenn ich die Treppe runtergehe, liegt er hinter seiner Tür auf der Lauer. Manchmal ist er mir schon auf der Straße nachgelaufen... Im vorigen Monat, da hat er mir, als ich auf seinem Treppenabsatz vorbeikam, Zeichen gemacht, daß ich zu ihm reinkommen soll...«

Madame Mit-Verlaub-gesagt reckte die Arme zum Himmel empor, als wollte sie ausrufen: »Muß man sich wirklich solche Abscheulichkeiten anhören?«

»Am Montag bin ich aus Neugier hineingegangen, und da hat er mir seine Fotosammlung zeigen wollen... Ich schwöre Ihnen, nicht übel... Er hat mir versprochen, wenn ich ihn von Zeit zu Zeit besuche, dann kriege ich...«

»Glauben Sie ihr nicht, Herr Kommissar...«

»Und ich schwöre, daß es wahr ist... Ich hab es sofort Potsi erzählt, und sie hat sich auch seine Fotos angeschaut... Ihr hat er auch so einen Antrag gemacht...«

»Was hat er ihr angeboten?«

»Das gleiche wie mir... Eine Armbanduhr... Er muß sie auf Lager haben... Jetzt kann ich Ihnen noch was erzählen... Einmal, da hab ich nachts, als ich noch nicht schlief, im Treppenhaus ein Geräusch gehört... Ich bin aufgestanden und an die Tür gegangen... Ich hab durchs Schlüsselloch geschaut und gesehen, wie er...«

»Entschuldigung«, fiel ihr Maigret ins Wort. »War auf der Treppe Licht?«

Er merkte, daß sie stutzte, daß sie für einen Augenblick die Fassung verloren hatte.

»Nein...«, sagte sie schließlich. »Aber der Mond schien...«

»Wie kann denn der Mond die Treppe beleuchten?«

»Durch die Dachluke. Genau über dem Treppenabsatz ist eine Dachluke...«

Das stimmte, Maigret erinnerte sich daran. Aber

warum hatte sie gezögert, als er nach dem Licht gefragt hatte?

»Ich danke Ihnen, Mademoiselle... Sie können in Ihre Wohnung zurückkehren. Ihre Eltern werden sich Sorgen machen...«

»Sie sind mit meiner Schwester im Kino...«

Sie schien verärgert. Man könnte meinen, sie habe erwartet, Maigret würde mit ihr hinaufgehen.

»Haben Sie mich nichts mehr zu fragen?«

»Nein, nichts... Guten Abend...«

»Stimmt es, daß Cécile tot ist?«

Er antwortete nicht und schloß hinter ihr die Tür.

»Ist das nicht eine Schande, mit Verlaub gesagt?« seufzte die Concierge. »Noch ein Glas Wein, Herr Kommissar?... Demnächst empfängt sie in ihrem Zimmer Herrenbesuch, wenn ihre Eltern nicht daheim sind... Haben Sie gesehen, wie sie Sie angeschaut hat?... Da schämt man sich ja dafür, eine Frau zu sein...«

Immer noch die Autos und Lastwagen auf der Straße. Maigret ließ sich erneut in dem Korbsessel nieder, der unter seinem Gewicht ächzte. Die Concierge legte Kohlen nach, und als sie sich wieder setzte, sprang die Katze auf ihren Schoß. Es war sehr warm. Alles war weit weg. Die Autos, die Lastwagen, sie gehörten einer anderen Welt an, einem anderen Planeten, und rund um die Pförtnerloge war nur das Haus lebendig. Über dem Bett hing der Gummiball, mit dem sich die Eingangstür öffnen ließ.

»Es kann doch ohne Ihr Wissen niemand hier herein, nicht wahr?«

»Das wäre schwierig, denn es gibt keinen Schlüssel...«

»Und durch die beiden Läden?«

»Die Innentüren, die in die Läden geführt haben, sind stillgelegt worden. Madame Boynet hatte große Angst vor Dieben...«

»Haben Sie mir nicht erzählt, daß sie seit einigen Monaten das Haus nicht mehr verlassen hat?«

»Wissen Sie, sie war nicht vollkommen bettlägerig. In der Wohnung ging sie schon hin und her, sie stützte sich dabei auf ihren Stock. Manchmal, da hat sie sich sogar vor ihre Tür geschleppt, um die Mieter zu beobachten oder um nachzuschauen, ob ich auch richtig saubergemacht hab... Man hat sie nicht gehört... So leise, wie sie auf ihren Filzpantoffeln herumrutschte; und auf ihren Stock hatte sie eine Gummikappe aufgesetzt...«

»Empfing sie oft Besuch?«

»Niemanden... Außer ihrem Neffen, Monsieur Gérard, der hin und wieder herkam... Die Kleine, Mademoiselle Berthe, hat nie wieder einen Fuß ins Haus ihrer Tante gesetzt... Ich glaube, mit Verlaub gesagt, daß sie einen Freund hat... Ich hab sie mal getroffen, an einem Sonntag, auf meinem Weg zum Friedhof, mit einem recht gutaussehenden Mann so um die Dreißig, und ich hab das Gefühl gehabt, daß es ein verheirateter Mann war... Ich hab aber nicht sehen können, ob er einen Ehering trug...«

»Kurz gesagt, Madame Boynet lebte vollkommen allein mit Cécile?«

»Das arme Mädchen! So sanft, so ergeben! Ihre Tante

hat sie wie einen Dienstboten behandelt, und sie hat sich nie beklagt! Das war eine, die nicht hinter den Männern her war! Dabei war sie gar nicht kräftig. Eine schwache Gesundheit, ein empfindlicher Magen, aber deshalb hat sie doch den Mülleimer die fünf Stockwerke heruntergetragen und die Kohlen hinaufgeschleppt…«

»Dann war es also Cécile, die das Geld auf die Bank gebracht hat?«

»Auf welche Bank?«

»Ich nehme an, wenn Madame Boynet die Mieten kassiert hat…«

»Die hätte ihr Geld nicht für alles Gold der Welt auf eine Bank eingezahlt… Sie war zu mißtrauisch!… Da fällt mir ein, daß Monsieur Bourniquel am Anfang mit einem Scheck bezahlen wollte…

›Was soll denn das?‹ hat sie empört gefragt. ›Sagen Sie diesem Herrn, daß ich Bargeld möchte…‹

Monsieur Bourniquel war hartnäckig… Das hat zwei Wochen gedauert, und schließlich mußte er nachgeben…

Ein Glas Wein, Herr Kommissar?… Nicht, daß ich oft trinke, mit Verlaub gesagt, aber bei einer besonderen Gelegenheit…«

Über dem Bett schlug die Klingel an. Sie stand auf, beugte sich über das Plumeau, drückte auf den Gummiball und verkündete dabei:

»Es ist Monsieur Deséglise, der Mieter vom zweiten Stock links… Er ist Busschaffner… Seine Dienstzeit ändert sich jede Woche…«

Und tatsächlich ging ein Mann vorüber, der eine Mütze der Pariser Verkehrsbetriebe trug.

»Im selben Stock wohnt noch eine Klavierlehrerin, eine alte Jungfer, Mademoiselle Paucot... Zu ihr kommt alle Stunde eine Schülerin, und wenn es regnet, macht das ganz schön Dreck auf der Treppe... Der dritte Stock steht leer... Vielleicht haben Sie den Anschlag an der Tür gesehen... Die letzten Mieter wurden hinausgeworfen, weil sie zwei Mieten schuldig waren... Dabei haben mir die Leute ein ordentliches Trinkgeld gegeben und waren sehr höflich... Naja!... Das sind halt nicht immer diejenigen, die das meiste Geld haben, nicht wahr? Es wundert mich, daß Monsieur Dandurand noch nicht zu Hause ist... Wenn ich mir überlege, daß diese Göre gewagt hat zu unterstellen... Diese Mädchen, tückisch wie sie nun einmal sind, die bringen Ihnen noch einen Mann ins Gefängnis, bloß um sich interessant zu machen... Haben Sie gesehen, was für Blicke sie Ihnen zugeworfen hat?... Einem Mann in reifem Alter, verheiratet, einem Beamten... Ich kenn mich da aus, denn mein Mann war auch Beamter... Er war bei der Eisenbahn... Gut! Da ist Monsieur Dandurand...«

Sie erhob sich und beugte sich erneut über das Bett, um auf den Gummiball zu drücken. Im Flur und auf der Treppe ging das Licht an. Sie hörten das Geräusch eines nassen Regenschirms, der zusammengeklappt wurde, dann das Knirschen von Schuhsohlen, die sich jemand gewissenhaft auf einem Fußabstreifer abtrat.

»Das ist einer, der keinen Dreck ins Haus schleppt...«

Ein trockener Husten. Langsame, gemessene Schritte. Die Tür der Loge öffnete sich.

»Keine Post für mich, Madame Benoit?...«

»Heute abend, mit Verlaub gesagt, ist nichts da, Monsieur Dandurand...«

Ein Mann Ende Sechzig, grauer Teint, graues Haar, ganz in Schwarz gekleidet, den nassen Regenschirm in der Hand. Er hatte seinen Blick auf den Kommissar gerichtet, und dieser runzelte die Stirn, denn ihm schien es, als hätte er dieses Gesicht schon irgendwo gesehen.

Trotzdem hatte ihm vorhin der Name Dandurand nichts gesagt. Er war sicher, den Mann zu kennen. Er strengte sein Gedächtnis an. Woher nur...

»Kommissar Maigret, nicht wahr?« fragte der Mieter, der immer noch auf der Türschwelle stand, in aller Ruhe. »Stellen Sie sich vor, Herr Kommissar, ich komme gerade aus Ihrem Büro. Ich weiß wohl, daß es nicht die richtige Zeit dafür ist, aber mir ist auch nicht verborgen geblieben, was passiert ist...«

Ein Name drängte sich Maigret auf die Lippen... Monsieur Charles... Auf einmal empfand er die Gewißheit, daß zwischen diesem Namen und dem Mann, den er vor sich hatte, ein Zusammenhang bestand. Aber woran erinnerte er ihn bloß? An ein kleines Café, in dem Gäste aus dem Milieu verkehrten...

»Haben Sie mir etwas Dringendes mitzuteilen?«

»Nun, das heißt... Ich habe gedacht... Falls Sie sich die Mühe machen könnten, für einen Augenblick zu mir hinauf zu kommen... Sie gestatten, Madame Benoit?... Verzeihen Sie, daß ich Ihnen zumute, vier Stockwerke zu erklimmen, Herr Kommissar... Ich habe soeben am Quai des Orfèvres erfahren, daß die arme Mademoiselle Cécile... Ich gestehe, daß mir das einen ziemlichen Schlag versetzt hat...«

Maigret stand auf und folgte Monsieur Dandurand ins Treppenhaus.

»Ich habe wohl bemerkt, daß Sie mich wiedererkannten, ohne zu wissen, woher... Gehen wir etwas rascher, das Licht wird gleich ausgehen...«

Er holte einen Schlüssel aus der Tasche und steckte ihn ins Schloß. Maigret hob den Kopf und nahm undeutlich Nouchi wahr, die sich über das Geländer beugte. Im nächsten Augenblick klatschte Spucke auf den Treppenabsatz.

Monsieur Dandurand fröstelte. Er trug einen dickeren und schwereren Mantel als Maigret, und sein Hals verschwand in einem wollenen Schal. Er wirkte ungepflegt, ein wenig unappetitlich, wie manche Junggesellen in fortgeschrittenem Alter, und auch die Wohnung roch nach einem alten, alleinstehenden Mann, nach kaltem Pfeifenrauch und nicht mehr ganz sauberer Wäsche.

»Einen Moment bitte... Ich mache bloß Licht...«

Das Arbeitszimmer glich dem eines Anwalts oder eines Geschäftsmannes. Dunkle Möbel, Bücherregale aus schwarzem Holz, vollgestopft mit juristischen Abhandlungen und grünen Ablageordnern, und auf den Tischen lagen Zeitschriften und Aktendeckel herum.

»Sie rauchen doch, nicht wahr?«

Er selbst hatte etwa zehn Pfeifen sorgfältig auf seinem Schreibtisch aufgereiht und stopfte sich eine, nachdem er die Vorhänge zugezogen hatte.

»Erkennen Sie mich noch immer nicht wieder?... Wir sind uns allerdings auch erst zweimal begegnet, einmal bei Albert, in der Rue Blanche...«

»Ich weiß, Monsieur Charles...«

»Das zweite Mal...«

»In meinem Büro am Quai des Orfèvres, vor acht Jahren, an einem Tag, an dem Sie mir einige Erklärungen schuldig waren... Ich muß zugeben, daß Sie damals auf all meine Fragen Antworten parat hatten...«

Ein kaltes, eisiges Lächeln in einem eisigen Gesicht, in dem nur die ziemlich große Nase eine leichte Rötung zeigte.

»Nehmen Sie doch Platz... Heute morgen war ich nicht da...«

»Darf ich Sie fragen, wo Sie waren?«

»Jetzt, da ich Bescheid weiß, ist mir klar, daß es gegen mich sprechen wird... Und dennoch pflege ich häufig das Palais de Justice aufzusuchen... Die alte Besessenheit eines Juristen... Seit...«

»Seit Sie aus dem Anwaltsverzeichnis von Fontenay-le-Comte gestrichen wurden...«

Eine vage Handbewegung, als wollte er damit einwenden: »Es stimmt... Aber das ist völlig bedeutungslos!...«

Dann fuhr der ehemalige Anwalt aus der Provinz fort:

»Ich verbringe den Großteil meiner Zeit im Palais... Gerade heute wurde in der Dreizehnten Kammer ein seltsamer Fall verhandelt... Eine Erpressungsaffäre innerhalb der Mitglieder ein und derselben Familie.

Maître Boniface, der den Schwiegersohn verteidigte ...«

Monsieur Dandurand, ehemals Maître Dandurand, der dereinst in einer der ältesten Villen von Fontenay zu Hause gewesen war, hatte die Angewohnheit, seine Finger in den ausgetrockneten Gelenken knacken zu lassen.

»Würde es Ihnen etwas ausmachen, Ihren Gliedmaßen Ruhe zu gönnen und mir zu verraten, warum Sie mein Büro aufgesucht haben?« fragte Maigret seufzend, während er seine erloschene Pfeife wieder anzündete.

»Entschuldigen Sie bitte ... Als ich heute morgen gegen acht Uhr aus dem Haus ging, da wußte ich noch nicht, was im fünften Stock geschehen war ... Erst im Palais hat mir nachmittags um vier einer meiner Freunde ...«

»... von dem Mord berichtet, von dem Mord an Madame Juliette Boynet, geborene Cazenove, die wie Sie aus Fontenay-le-Comte stammte.«

»So ist es, Herr Kommissar ... Ich bin daraufhin hierher zurückgekehrt, aber Sie waren nicht mehr da ... Mit dem Polizisten, den Sie als Wachposten abgestellt hatten, wollte ich nicht darüber reden. So stieg ich wieder in die Straßenbahn, um Sie am Quai des Orfèvres zu treffen ... Wir müssen uns gekreuzt haben ... Kommissar Cassieux, der mich kennt ...«

»Der Chef der Sittenpolizei, der sich mit Fällen aus dem Milieu befaßt, der muß Monsieur Charles kennen ...«

Der andere sprach weiter, als hätte er die Bemerkung nicht gehört:

»Kommissar Cassieux hat mir von Cécile erzählt und...«

Maigret war aufgestanden und auf Zehenspitzen durch das Vorzimmer geschlichen. Als er plötzlich die Wohnungstür öffnete, wäre Nouchi, die mit einem Auge am Schlüsselloch klebte, beinahe vornübergekippt. Sie richtete sich schleunigst auf und entschwand geschmeidig wie ein Aal auf der Treppe.

»Was haben Sie gesagt?«

»Ich habe mir gedacht, daß ich unter diesen Umständen noch Zeit zum Abendessen hätte. An der Place Saint-Michel habe ich dann ziemlich lange auf die Straßenbahn gewartet, und da bin ich nun... Ich wußte, daß ich Sie hier finden würde... Mir lag daran, Ihnen selbst zu erzählen, daß ich mich in der vergangenen Nacht zwischen Mitternacht und ein Uhr morgens im Appartement von Madame Boynet aufhielt, die meine Freundin und in gewissem Sinn auch meine Klientin war...«

Unbewußt ließ er wieder seine Finger knacken und murmelte hastig:

»Verzeihen Sie bitte... Eine alte Angewohnheit...«

4

Es war kurz nach zehn Uhr abends. Madame Maigret stand vor dem Spiegelschrank neben dem Doppelbett, dessen Tagesdecke sie soeben zurückgeschlagen hatte, und drehte sich Lockenwickler ins Haar, wobei sie von Zeit zu Zeit nach einer der Nadeln griff, die sie mit den Lippen festhielt. Der Boulevard Richard-Lenoir war menschenleer. Auch die regenglänzende Landstraße jenseits der Porte d'Orléans war menschenleer, aber innerhalb nur weniger Sekunden folgten einander drei, vier, sechs Autos in rasender Fahrt hinter ihren riesigen, fahlen Lichtkegeln.

Diese Scheinwerfer streiften im Vorüberbrausen kaum Madame Boynets Haus, das für seine Breite zu hoch war und noch häßlicher wirkte, weil es keine Nachbarhäuser gab, die seine nackten, kahlen Seitenwände kaschiert hätten.

Das von Madame Piéchaud betriebene Lebensmittelgeschäft war noch erleuchtet, die Krämerin saß in ihrem Laden vorm Ofen, um in ihrer Wohnung Kohlen zu sparen. In der Fahrradhandlung auf der anderen Seite des Eingangs herrschte Dunkelheit, die Hintertür stand jedoch offen, und im erleuchteten Nebenraum war ein Bett zu sehen und ein junger Mann, der gerade Schuhe wichste...

Die Siveschis befanden sich im Kino... Die Concierge wollte nicht zu Bett gehen, solange sich Maigret noch im Haus aufhielt, und um die zum Warten nötige Kraft zu schöpfen, leerte sie die Flasche Rotwein vollends, wobei sie ihrer Katze unablässig den Stand der Dinge erklärte.

Im Gerichtsmedizinischen Institut, drüben, am anderen Ende von Paris, lagen zwei Leichen in den Schubfächern eines geräumigen Menschenkühlhauses...

Bei Monsieur Dandurand wurde wohl nie gelüftet, denn alle möglichen Gerüche verbanden sich zu einer muffigen, ekelerregenden Mischung, die einem auch nach dem Verlassen der Wohnung in den Kleidern hing und einen noch lange verfolgte. Maigret blies dicke Rauchschwaden in die Luft und vermied es weitgehend, seinem Gesprächspartner ins Gesicht zu sehen.

»Sagen Sie mal, Monsieur Dandurand... Wenn ich mich recht erinnere, war das doch ein Sittlichkeitsdelikt, weshalb Sie von Fontenay weggezogen sind, nicht wahr?... Na ja... Es ist zwar schon lange her, aber bei der Kriminalpolizei war erst vor einigen Wochen wieder von Ihnen die Rede... Haben Sie damals nicht zwei Jahre gekriegt?...«

»Das stimmt!« erwiderte der Anwalt frostig.

Da verkroch sich Maigret noch tiefer in seinen schweren Überzieher, als wollte er sich vor jeglicher Berührung mit dem Mann schützen. Er hatte nicht einmal seinen Hut abgenommen. Er, der trotz seines schroffen Gebarens soviel Nachsicht für die meisten menschlichen Schwächen aufbrachte, sträubte sich gegen gewisse Personen und empfand physisches Unbehagen, wenn sie ihm in die Nähe kamen. Und Monsieur Dandurand gehörte zu diesem Personenkreis.

Diese Abneigung ging so weit, daß sich Maigret in Gegenwart seines Kollegen Cassieux nie ganz wohl fühlte, weil der als Chef der Sittenbrigade für dieses Milieu zuständig war.

Es war auch Cassieux gewesen, der kürzlich mit ihm über den ehemaligen Provinzanwalt geredet hatte, den man allgemein Monsieur Charles nannte und der in ein widerwärtiges Sittlichkeitsdelikt verwickelt gewesen war, bei dem Minderjährige eine Rolle gespielt hatten, und der dafür zwei Jahre im Gefängnis abgesessen hatte, ehe er in Paris strandete.

Der Fall war recht ungewöhnlich gewesen und hatte seltsame Einblicke in menschliche Schicksale gewährt. Aus seinem Berufsstand ausgeschlossen, in der Hauptstadt, in der ihn keiner kannte, untergetaucht, konnte Dandurand, der noch über ausreichende Einkünfte verfügte, ungezügelt seinem Laster frönen; eine der zwielichtigen, abstoßenden Figuren, wie man sie bisweilen tagsüber an Hauswänden entlangschleichen sieht, mit unstetem Blick, der sich nur dann ein wenig belebt und rege wird, wenn er in der Menge einem möglichen Opfer folgt.

Der ehemalige Anwalt war in der Gegend der Porte Saint-Martin, des Boulevard Sébastopol und der Bastille gesichtet worden. Er zählte zu jenen, die im Dunkeln an Werktoren und an den Ausgängen der großen Kaufhäuser lauerten, um schließlich meistens mit eingezogenem Kopf im spärlich erleuchteten Flur eines einschlägigen Hauses zu verschwinden.

Schon bald kannte er sie alle, diese Häuser, und die, die sie betrieben, kannten ihn.

»Guten Tag, Monsieur Charles... Mal sehen, was ich Ihnen heute bieten kann...«

Da fühlte er sich zu Hause. Das war die Atmosphäre, die er jeden Tag brauchte. Es hatte nicht lange gedauert, bis man wußte, daß er ehemals Jurist war. Bei Bedarf hatte man ihn um Rat gefragt.

Schließlich hatte man ihn hinter die Kulissen sehen lassen. Man empfing ihn nicht mehr wie einen Kunden, sondern wie einen Freund.

»Wissen Sie schon, daß das Haus in der Rue d'Antin verkauft wird? Dédé hat Ärger gekriegt und setzt sich nächste Woche nach Südamerika ab... Mit fünfhunderttausend Francs in bar...«

Man hätte meinen können, Maigret träume. Mit gesenktem Kopf, den Blick auf den verschossenen roten Teppich geheftet, der den Fußboden bedeckte, zuckte er plötzlich zusammen. Er glaubte ein Geräusch über seinem Kopf zu hören. Einen Moment lang hatte er gedacht, es komme aus Madame Boynets Wohnung. Das Bild von Cécile...

»Das ist Nouchi...«, erklärte Monsieur Dandurand mit diesem freudlosen Lächeln, das für ihn typisch war.

Natürlich, Cécile war ja tot!

Cécile war tot! Gerade um diese Zeit hatte der Chef der Kriminalpolizei bei Freunden, mit denen er Bridge spielte, in wenigen Sätzen die Geschichte erzählt, hatte den Besenschrank beschrieben, den vor der Wand zusammengesunkenen Leichnam, die hohe Gestalt Maigrets.

»Was hat *er* denn dazu gesagt?«

»Nichts ... Er hat die Hände in den Taschen vergraben ... Ich glaube, das war einer der schwersten Schläge seiner Laufbahn ... Er ist weggegangen, und es sollte mich sehr wundern, wenn er sich diese Nacht schlafen legte ... Armer alter Maigret ...«

Der klopfte eben seine Pfeife an seinem Absatz aus und ließ die Asche auf den Teppich fallen.

»Sie haben sich also um die Geschäfte von Madame Boynet gekümmert?« fragte er langsam und verzog das Gesicht, als hätten die Worte bitter geschmeckt.

»Ich kannte sie sowie ihre Schwester schon in Fontenay-le-Comte. Wir waren beinahe Nachbarn. Als ich dann diese Wohnung mietete, traf ich sie wieder ... Sie war Witwe ... Haben Sie sie zu ihren Lebzeiten nicht gekannt? ... Ich möchte nicht behaupten, sie sei verrückt gewesen, aber ziemlich eigenartig war sie schon ... Sie war aufs Geld versessen ... Sie bewahrte ihr gesamtes Vermögen zu Hause auf, so sehr fürchtete sie, die Banken könnten sie bestehlen ...«

»Und Sie haben davon profitiert!«

Es fiel Maigret nicht schwer, sich den Kerl in den Häusern vorzustellen, in denen er ein und aus ging, unter vier Augen mit den Matronen, die ihn ins Vertrauen zogen. Danach hatte Monsieur Dandurand eine neue Stufe erklommen und die Bekanntschaft der Besitzer dieser Häuser gemacht; er hatte nicht gezaudert, sie in den Bars am Montmartre zu treffen, wo sie sich abends zu einer Partie Belote einfanden.

Aus Monsieur Charles Dandurand, dem Anwalt von Fontenay, war auf diese Weise Monsieur Charles geworden, der Berater und Handlanger dieser Herren, die ihm uneingeschränktes Vertrauen entgegenbrachten, denn seine Kenntnis der Gesetze leistete ihnen wertvolle Dienste.

»Sie war es, die davon profitiert hat, Herr Kommissar!«

Seine langen, bleichen, behaarten Hände tasteten über die Pfeifen auf dem Tisch. Graue Haarbüschel wuchsen ihm auch aus den Nasenlöchern heraus.

»Haben Sie denn nie von der alten Juliette reden hören? Ach, stimmt ja, Sie befassen sich ja nur mit der Sonderbrigade... Es begann mit dem Haus in der Rue d'Antin, das zum Verkauf stand... Ich erzählte Madame Boynet davon, die ich seit eh und je Juliette nannte, weil wir schon als Kinder miteinander gespielt haben... Juliette kaufte es... Ein Jahr später erwarb ich für sie das ›Paradis‹ in Béziers, das eins der besten Häuser Frankreichs ist...«

»Wußte sie, in welche Art von Unternehmen Sie ihr Geld investierten?«

»Ich will Ihnen mal etwas sagen, Herr Kommissar; ich habe so manchen Geizhals kennengelernt... Ein Provinzanwalt hat ja Gelegenheit, zahlreichen Exemplaren dieser Spezies zu begegnen... Doch deren Geiz war nichts, gemessen am Geiz von Juliette... Sie hing mit nahezu mystischer Liebe am Geld... Erkundigen Sie sich bei den Herren aus dem Milieu, wie Sie von der Kriminalpolizei sie nennen... Fragen Sie sie, an wie vielen Häusern Juliette beteiligt war... Soll ich Ihnen Zahlen nennen?...«

Er erhob sich, holte aus einem in die Wand eingelassenen Panzerschrank ein fragwürdiges Notizbuch heraus, befeuchtete sich die häßlichen Finger und blätterte die Seiten um.

»Im letzten Jahr habe ich Juliette fünfhundertneunzigtausend Francs in Banknoten übergeben... Fünfhundertneunzigtausend Francs Gewinn...«

»Und dieses Geld befand sich in ihrer Wohnung?«

»Ich habe allen Grund, das anzunehmen, denn sie ging nicht mehr aus, und sie hätte ihrer Nichte solche Summen nicht anvertraut... Oh, ich ahne schon, was Sie denken... Ich weiß, daß der Schein gegen mich spricht... Aber ich versichere Ihnen, daß Sie sich irren, Herr Kommissar... Niemals habe ich meine Mitmenschen auch nur um einen Centime betrogen... Fragen Sie diese Herren... Das sind Leute, die, wie Sie wissen, Unregelmäßigkeiten nicht verzeihen... Alle werden Ihnen bestätigen, daß Monsieur Charles korrekt ist... Ein bißchen Tabak?«

Maigret wies den ihm angebotenen Tabaksbeutel zurück und zog seinen eigenen heraus.

»Nein danke...«

»Wie Sie wollen... Ich erzähle Ihnen die reine Wahrheit... Ich laß ja schon die Hosen runter, wie Albert sagen würde...«

Ein seltsames Lächeln huschte über sein Gesicht, als er sich des Argots bediente, er, der die Hälfte seines Lebens in der frömmsten Gesellschaft von Fontenay zugebracht hatte.

»Juliette hatte ihre Marotten... Der bloße Gedanke, man könnte eines Tages dahinterkommen, wie sie ihr Kapital anlegte... Dabei pflegte sie keinerlei geselligen

Umgang, und niemand kümmerte sich um sie... Nichtsdestoweniger traf sie rührend lächerliche Vorsichtsmaßnahmen... Seit mehr als sechs Monaten, seit sie ihre Wohnung nicht mehr verließ, mußte ich sie oben besuchen... Wissen Sie, wie ich an diesen Tagen vorzugehen hatte?«

Schritte auf der Treppe. Die Siveschis kamen heim, Maigret hörte sie sehr laut ungarisch sprechen, und dann brach im Stockwerk über ihm ein heftiger Streit aus.

»... Jeden Morgen werden die Zeitungen der Mieter in der Loge der Concierge abgegeben. Sie sortiert sie in die jeweiligen Fächer ein, wie die übrige Post auch... Wenn ich meine herausnahm, mußte ich mit Bleistift ein Kreuz auf Juliettes Zeitung machen... Die arme Cécile, die keine Ahnung hatte, holte sie dann etwas später ab... Um Mitternacht stieg ich lautlos hinauf, und Juliette erwartete mich, auf ihren Stock gestützt, hinter der Tür...«

Und da hatte die ganze Kriminalpolizei über Cécile gespottet, wenn sie behauptet hatte, daß nach manchen Nächten verschiedene Dinge nicht mehr an ihrem Platz waren!

»Ist denn die Nichte nie aufgewacht?«

»Cécile? Das wußte ihre Tante zu verhindern... Wenn Sie die Wohnung durchsucht haben, und ich nehme an, daß Sie das getan haben, dann müssen Sie in einer Schublade Röhrchen mit einem Bromsalz gefunden haben... An den Abenden, an denen sie mich erwartete, beugte Juliette vor und verhalf Cécile zu tiefem Schlaf... Entschuldigen Sie bitte, daß ich Ihnen noch gar nichts angeboten habe... Was möchten Sie denn trinken?«

»Danke, nichts...«

»Ich verstehe... Aber Sie sind auf dem Holzweg, Herr Kommissar... Sie sind natürlich nicht dazu verpflichtet, mir zu glauben, wenn ich Ihnen versichere, daß ich unfähig bin, auch nur ein Huhn zu schlachten, und daß ich, sobald ich Blut sehe, wegschauen muß...«

»Madame Boynet wurde erwürgt...«

Der ehemalige Anwalt war einen Moment lang sprachlos, als hätte dieser Einwand ihn verwirrt. Er betrachtete seine bleichen Hände.

»Auch dazu wäre ich nicht fähig... Im übrigen hatte ich keinerlei Interesse daran, daß...«

»Sagen Sie, Monsieur Dandurand, wieviel Geld hatte Madame Boynet Ihrer Meinung nach zu Hause?«

»Ungefähr achthunderttausend Francs...«

»Wissen Sie, wo dieses Geld versteckt war?«

»Das hat sie mir nie verraten... So wie ich sie kannte, vermute ich, daß sie sich nie davon trennte, daß es in ihrer Reichweite sein mußte, daß sie sozusagen mit ihrem Vermögen schlief...«

»Dennoch hat man nichts gefunden... Sie hatte doch sicher Papiere, Besitzurkunden... Sie sind aus ihrem Schreibtisch verschwunden... Um welche Zeit sind Sie vergangene Nacht heruntergekommen?«

»Zwischen ein Uhr und halb zwei.«

»Madame Boynet wurde nach Aussage des Gerichtsmediziners gegen zwei Uhr morgens getötet... Die Concierge versichert, niemand habe das Haus betreten... Noch eine Frage: deutete bei Ihrem Besuch nichts darauf hin, daß Cécile möglicherweise nicht schlief?«

»Nein, nichts...«

»Strengen Sie Ihr Gedächtnis an... *Sind Sie sicher, daß Sie in der Wohnung nichts vergessen haben, was den Verdacht zuließe, daß Sie dort waren?*«

Monsieur Charles überlegte, ohne außer Fassung zu geraten. »Ich begreife nicht...«

»Das ist alles, was ich von Ihnen wissen wollte... Selbstverständlich bitte ich Sie, Paris nicht zu verlassen und nach Möglichkeit sogar in Ihrer Wohnung zu bleiben...«

»Ich verstehe...«

Maigret war bereits im Vorzimmer.

»Entschuldigung... Beinahe hätte ich etwas vergessen... Empfangen Sie oft Ihre Freunde hier?«

Er legte besonderen Nachdruck auf das Wort »Freunde«.

»Keiner von ihnen hat je dieses Haus betreten. Auch ich bin vorsichtig, Herr Kommissar... Nicht auf so übertriebene Weise wie meine alte Juliette... Bei mir ist es nicht krankhaft... Meine Freunde, wie Sie sie nennen, kennen meine Adresse nicht, und sie schreiben mir an ein Postfach... Um so weniger kennen sie die Adresse von Madame Boynet, ja nicht einmal ihren vollen Namen... Das geht so weit, daß viele davon überzeugt sind, Juliette habe nie existiert, sie sei nur ein Mythos, dessen ich mich bediene, um...«

Erneut Schritte auf der Treppe, die atemlose Stimme der Concierge:

»So warten Sie doch, Monsieur Gérard...«

Dann lautes Rufen:

»Herr Kommissar!... Herr Kommissar...«

Maigret öffnete die Tür und schaltete die Treppenhausbeleuchtung ein, weil das Licht genau in diesem Augenblick erloschen war. Ein junger, äußerst erregter Mann, den er nicht kannte, stand zitternd vor ihm.

»Wo ist meine Schwester?« fragte er, während sich sein verstörter Blick auf Maigret heftete.

»Das ist Monsieur Gérard«, erklärte Madame Benoit. »Er ist wie ein Verrückter hier angekommen... Ich hab ihm gesagt, daß Mademoiselle Cécile...«

»Bitte gehen Sie wieder hinein, Monsieur Dandurand!« ordnete Maigret an.

Mittlerweile stand auch die Tür der Siveschis offen. Und noch eine Tür in einem der unteren Stockwerke.

»Folgen Sie mir, Monsieur Gérard... Sie können wieder hinuntergehen, Madame Benoit...«

Der Kommissar hatte den Schlüssel zum Appartement der Toten in der Tasche. Er ließ den jungen Mann zuerst eintreten und schob den Riegel vor.

»Haben Sie erst jetzt erfahren...«

»Stimmt es? Ist Cécile wirklich tot?«

»Wer hat Ihnen das gesagt?«

»Die Concierge...«

Die Männer vom Erkennungsdienst hatten die Wohnung auf den Kopf gestellt, die Schränke durchwühlt, ihren Inhalt achtlos verstreut.

»Meine Schwester?«

»Cécile ist tot, ja.«

Gérard war so überreizt, daß er nicht einmal weinen

konnte. Er blickte sich wie verständnislos um, und es tat weh, mitanzusehen, wie es in seinem Gesicht zuckte.

»Das ist doch nicht möglich... Wo ist sie?...«

Er war im Begriff, in das Zimmer seiner Schwester zu eilen, aber der Kommissar hielt ihn zurück.

»Sie ist nicht hier... Beruhigen Sie sich... Warten Sie...«

Er erinnerte sich daran, daß er in einem Schrank eine Flasche Rum entdeckt hatte, und er reichte sie dem jungen Mann.

»Trinken Sie... Wie haben Sie es erfahren...«

»Ich war im Café, als...«

»Entschuldigen Sie... Ich werde Ihnen Fragen stellen... Das geht schneller... Was haben Sie heute nachmittag gemacht?«

»Ich habe mich bei drei verschiedenen Firmen vorgestellt... Ich suche eine Stelle...«

»Als was?«

Gérard lachte verkrampft und antwortete:

»Egal als was!... Meine Frau entbindet in ein paar Tagen... Der Hauswirt hat uns gekündigt... Ich...«

»Waren Sie zum Abendessen daheim?«

»Nein... Ich war im Café...«

Erst jetzt merkte Maigret, daß Gérard, auch wenn er nicht gerade vollkommen betrunken war, so doch mehr Alkohol konsumiert hatte, als ihm guttat.

»Haben Sie im Café eine Stelle gesucht?...«

Ein harter, haßerfüllter Blick.

»Sie auch, natürlich!... Wie meine Frau!... Weil Sie keine Ahnung davon haben, was es heißt, von morgens bis abends vergebens herumzulaufen... Wissen Sie, was ich letzte Woche drei Nächte hintereinander gemacht habe?... Nein, nicht wahr?... Das ist Ihnen gleichgültig!... Na schön, ich hab in den Hallen Gemüse abgeladen, um etwas zu verdienen, damit wir was zu essen haben... Heute abend, im Café, da wollte ich einen treffen, der mir Arbeit versprochen hat...«

»Wen?«

»Ich weiß nicht, wie er heißt... Ein großer Rothaariger, der etwas mit Apparaten für drahtlose Telegrafie zu tun hat...«

»In welchem Café?«

»Haben Sie etwa den Verdacht, ich hätte meine Tante umgebracht?«

Er zitterte von Kopf bis Fuß, und es sah so aus, als wollte er sich gleich wie ein Wahnsinniger auf den Kommissar stürzen.

»Im ›Canon-de-la-Bastille‹, wenn es Sie interessiert... Ich wohne in der Rue du Pas-de-la-Mule... Der Kerl ist nicht gekommen... Ich wollte nicht nach Hause gehen ohne...«

»Haben Sie nicht zu Abend gegessen?«

»Was kann das Ihnen schon ausmachen?... Auf dem Tisch lag eine Zeitung rum... Zuerst hab ich nur die Kleinanzeigen gelesen, wie immer... Es kann sich ja keiner vorstellen, was es heißt, die Kleinanzeigen zu lesen und sich dabei zu sagen... Kurz...«

Er winkte ab, als wollte er einen Alptraum verscheuchen.

»Plötzlich, auf Seite drei, hab ich den Namen meiner

Tante entdeckt... Ich hab's nicht einmal sofort begriffen... Es waren nur ein paar Zeilen... *Rentnerin aus Bourg-la-Reine in ihrem Bett erwürgt. – Letzte Nacht wurde Mme Juliette Boynet, eine in Bourg-la-Reine wohnhafte Rentnerin...*«

»Wie spät war es da?«

»Ich weiß es nicht... Ich habe schon lange keine Uhr mehr... Vielleicht halb zehn?... Daraufhin bin ich nach Hause gelaufen... Ich hab zu Hélène gesagt...«

»Ist das Ihre Frau?«

»Ja... Ich hab ihr gesagt, daß meine Tante tot ist, und den nächsten Bus genommen...«

»Haben Sie inzwischen etwas getrunken?«

»Einen Kurzen, um mich wieder aufzumöbeln... Ich hab mich gefragt, warum Cécile mich nicht verständigt hat...«

»Sie müssen doch vermutlich von Ihrer Tante etwas erben?«

»Ja, gemeinsam mit meinen beiden Schwestern... Am Châtelet hab ich auf die Straßenbahn gewartet und... Aber Cécile?... Warum hat man Cécile getötet?... Die Concierge hat mir gerade gesagt...«

»Cécile wurde getötet, weil sie den Namen des Mörders kannte«, erklärte Maigret langsam.

Dem jungen Mann gelang es nicht, seine Selbstbeherrschung wiederzufinden, und er streckte die Hand nach der Rumflasche aus.

»Nein, das reicht«, wehrte der Kommissar ab. »Setzen Sie sich! Sie hätten eher eine Tasse starken Kaffee nötig...«

»Was soll das heißen?«

Er war aggressiv; er betrachtete sein Gegenüber als Feind.

»Sie kommen doch hoffentlich nicht auf die Idee, daß ich meine Tante und meine Schwester umgebracht habe?« schrie er plötzlich wütend.

Maigret beging den Fehler, nicht zu antworten. Er war sich dessen nicht bewußt. Er war, wie ihm das bisweilen widerfuhr, gerade geistesabwesend. Genauer gesagt, er ließ auf seine Art die Umgebung, in der er sich befand, lebendig werden: er stellte sich dieselbe Wohnung einige Jahre früher vor, die überspannte Tante, die drei Kinder, die minderjährige Cécile und ihre Schwester Berthe, die damals noch lange Zöpfe trug, und Gérard, der freiwillig zur Armee gegangen war, um dieser Atmosphäre zu entfliehen...

Er zuckte zusammen, als der junge Mann ihn am Revers seines Mantels packte und brüllte:

»Sie antworten mir nicht!... Glauben Sie wirklich?... Glauben Sie, ich hätte...«

Eine starke Alkoholfahne. Maigret wich zurück und ergriff die beiden Handgelenke des jungen Mannes.

»Sachte, mein Kleiner«, brummte er. »Ganz sachte...«

Er dachte nicht daran, wieviel Kraft er besaß, der andere wand sich im eisernen Griff des Kommissars und stöhnte:

»Sie tun mir weh...«

Schließlich waren ihm doch Tränen in die Augen gestiegen.

Zweiter Teil

I

War in Bourg-la-Reine etwa eine Epidemie ausgebrochen? Die Frage wäre durchaus berechtigt gewesen, aber Maigret verwarf sie wieder, kaum daß sie ihm in den Sinn gekommen war. Der Angestellte des Bestattungsinstituts hätte ihm wahrscheinlich geantwortet, daß sich Todesfälle zumeist in Serien ereignen, daß mitunter fünf Tage vergehen, ohne daß ein Leichenwagen erster oder zweiter Klasse hervorgeholt werde, und daß die Nachfrage dann auf einmal wieder überhandnehme.

An jenem Vormittag war das Bestattungsinstitut überlastet, und zwar so sehr, daß eins der beiden Pferde, die Juliette Boynet zogen, keins der üblicherweise vor den Leichenwagen gespannten Pferde war und mehrmals in Trab zu fallen versuchte, was den Zug immer wieder ruckartig und in viel zu schnelle Bewegung versetzte, als daß es mit der Würde einer Beerdigung vereinbar gewesen wäre.

Ein gewisser Monfils, ein Versicherungsvertreter aus Luçon, hatte den Ablauf der Zeremonie bestimmt. Kaum war in der Presse über den Mord an Juliette Boynet berichtet worden, traf er auch schon in Paris ein, bereits in Volltrauer (wahrscheinlich war ihm dabei ein vorheriger Todesfall zugute gekommen), und er ließ sich überall blicken: groß, mager, bleiches Gesicht und die Nase von einem Schnupfen gerötet, den er sich in der Bahn geholt hatte.

Er war ein Vetter ersten Grades von Juliette Boynet.

»Ich weiß, was ich sage, Herr Kommissar. Es galt von jeher als vereinbart, daß sie uns etwas vererben würde, und sie war auch damit einverstanden, die Patenschaft für unseren Ältesten zu übernehmen... Ich bin sicher, daß es ein Testament gibt... Wenn es nicht gefunden wurde, dann vielleicht deshalb, weil gewisse Leute ein Interesse daran hatten, es verschwinden zu lassen... Im übrigen werde ich im Prozeß als Nebenkläger auftreten...«

Er hatte auf einer Beisetzung mit allem Drum und Dran bestanden, mit Abmarsch des Leichenzugs vom Sterbehaus und vorheriger feierlicher Aufbahrung in der Wohnung im fünften Stockwerk.

»In unserer Familie ist man nicht daran gewöhnt, die Toten unehrenhaft zu bestatten...«

Erst an diesem Morgen hatte er seine gleichfalls in Volltrauer angereiste Frau vom Bahnhof abgeholt, und seine fünf Kinder, die nun wie die Orgelpfeifen, mit dem Hut in der Hand, dem Trauerzug folgten: fünf Buben mit gleichem blondem Haar, das sich mit der gleichen Widerspenstigkeit gegen den Kamm zur Wehr setzte.

Es war die Zeit, in der auf der Landstraße der Verkehr am dichtesten war. Vor allem die Lastwagen, die von den Hallen zurückkehrten, bildeten eine endlose Schlange. Das Wetter war klar, die Sonne ohne Kraft und die Luft prickelnd kalt; die Leute stampften mit den Füßen und vergruben die Hände in ihren Manteltaschen.

Maigret hatte die Nacht davor nicht geschlafen. Zusammen mit Lucas hatte er vom Zimmer in der Rue de Birague aus seine Bande von Polen überwacht. Seit drei Tagen, seit Céciles Tod, war er mürrisch und gereizt. Diese Polen, die ihn bislang daran gehindert hatten, sich ganz dem Fall in Bourg-la-Reine zu widmen, waren ihm allmählich auf die Nerven gegangen. Um sieben Uhr morgens hatte er einen Entschluß gefaßt:

»Bleib da!... Ich schnappe mir den ersten, der rauskommt...«

»Vorsicht, Chef... Sie sind bewaffnet...«

Er hatte mit den Schultern gezuckt, das ›Hôtel des Arcades‹ betreten und sich im Treppenhaus auf die Lauer gelegt. Eine Viertelstunde später war die Tür des Zimmers aufgegangen. Ein Hüne war die Treppe heruntergekommen, Maigret hatte ihn von hinten angefallen, und die beiden Männer hatten sich bis ins Erdgeschoß hinuntergewälzt, wo der Kommissar schließlich wieder aufgestanden war, nachdem er seinem Widersacher Handschellen angelegt hatte. Auf seinen Pfiff hin war Janvier herbeigeeilt.

»Bring ihn zum Quai... Ich überlaß es dir, ihn in die Mangel zu nehmen... Bis er redet, verstanden?... Löst euch notfalls ab... Quetscht ihn aus wie eine Zitrone...«

Dann, nachdem er sich den Staub von den Kleidern geklopft hatte, war er in die nächste Bar gestapft, um Croissants zu essen und Kaffee mit einem Schuß Rum zu trinken.

Bei der Kriminalpolizei wußte jeder, daß man ihm in solchen Zeiten besser nicht in die Quere kam. Selbst Madame Maigret wagte es da nicht, ihn zu fragen, wann er mittags oder abends zum Essen heimkommen würde.

Da stand er nun auf dem Gehweg, an das Schaufenster des Lebensmittelgeschäfts gelehnt, und entlockte mit finsterer Miene seiner Pfeife grimmige Rauchwölkchen. Die Zeitungen hatten über den Fall berichtet, und es gab eine Menge Schaulustiger, ganz zu schweigen von einem halben Dutzend Journalisten und einigen Fotografen. Die beiden Leichenwagen waren vor dem Haus aufgestellt; der von Juliette Boynet vorn, der von Cécile dahinter, und auf Anregung von Madame Mit-Verlaub-gesagt, die behauptete, das sei das mindeste, was man tun müsse, hatten die Mieter für einen Kranz zusammengelegt: *Unserer lieben Hauswirtin.*

Neben den Monfils, welche die Familie von Juliette Boynet, geborene Cazenove, vertraten, repräsentierte eine andere Gruppe die Familie des verstorbenen Ehemanns: die Boynets und die Machepieds, die allerdings in Paris wohnten.

Die beiden Lager beäugten einander feindselig. Die Boynets und die Machepieds beteuerten ebenfalls, sie seien bestohlen worden, denn die Alte hätte beim Tod ihres Mannes versprochen, daß ein Teil des Vermögens eines Tages zu dessen Familie zurückfließen würde. Tags zuvor war eine Abordnung von ihnen bei der Kriminalpolizei erschienen. Sie waren vom Chef empfangen worden, denn es handelte sich um ziemlich angesehene Persönlichkeiten, und einer von ihnen war Mitglied des Stadtrats.

»Hören Sie, Maigret... Diese Herren versichern, daß ein Testament existieren muß, und ich habe ihnen vergeblich wiederholt, daß wir das Appartement durchsucht haben...«

Sie hegten einen Groll gegen Maigret, sie hegten einen Groll gegen Monfils, und sie hegten einen Groll gegen Juliette. Alles in allem meinte jeder, er sei bestohlen worden, allen voran Gérard Pardon, der mit niemandem sprach und nervöser denn je war.

Aus Geldmangel hatte er sich nicht in Trauerkleidung hüllen können. Er trug auch keinen Überzieher, sondern einen alten, khakifarbenen Regenmantel, den er mit einer schwarzen Armbinde versehen hatte.

Seine Schwester Berthe blieb in seiner Nähe und machte sich Sorgen, weil er so erregt war. Sie war eine kleine, rundliche, recht hübsche Person, die es nicht für nötig befunden hatte, statt ihres kirschroten Huts einen dunkleren aufzusetzen.

Monsieur Dandurand war ebenfalls zugegen, umgeben von vier oder fünf selbstbewußten Herren, die kostspielig gekleidet und mit üppig beringten Fingern in einem Zwölfzylinder vorgefahren waren. Auch die Siveschis waren dabei, mit Ausnahme der Mutter, die noch nicht aufgestanden war. Die Lebensmittelhändlerin, Madame Piéchaud, hatte ihr Geschäft für einen Augenblick Madame Benoit anvertraut, um hinaufzueilen und die Särge mit Weihwasser zu besprengen.

Der Angestellte des Bestattungsinstituts, der unruhig wurde, weil für elf Uhr eine weitere Beerdigung angesetzt war, fand sich mit den verschiedenen Gruppen nicht zurecht und versuchte vergebens herauszukriegen, wer nun offiziell die Familie vertrat. Darüber hinaus erschreckten ihn die Fotografen.

»Noch nicht, meine Herren, ich bitte Sie.. Warten Sie doch wenigstens, bis jeder an seinem Platz ist!...«

Wenn bloß in den Zeitungen kein Bild dieses ungeordneten Trauerzugs erschien!

Die Leute zeigten einander mit ausgestrecktem Finger Maigret, doch er schien es nicht zu bemerken. In dem Moment, in dem die zwei Särge hinuntergetragen wurden, tippte er Gérard Pardon auf die Schulter. Dieser zuckte zusammen.

»Kann ich Sie einen Augenblick sprechen?« flüsterte er ihm zu und zog ihn beiseite.

»Was wollen Sie denn noch von mir?«

»Ihre Frau hat Ihnen sicher erzählt, daß ich sie gestern besucht habe, als Sie nicht zu Hause waren...«

»Sie wollten wohl sagen, daß Sie in unserer Wohnung herumgeschnüffelt haben...«

Verkrampft und gequält lachte er höhnisch auf.

»Haben Sie gefunden, wonach Sie gesucht haben?«

Und als der Kommissar seine Frage bejahte, sah er ihn entsetzt an.

»Stellen Sie sich vor, als Ihre Frau mir einen Moment lang den Rücken zukehrte, da plagte mich die Neugier, und ich griff in einen Blumentopf hinein... Gelegentlich betätige ich mich nämlich auch als Gärtner... Dieser Blumentopf war mir irgendwie komisch vorgekommen!... Und schauen Sie mal, was ich in der frisch aufgewühlten Erde gefunden habe...«

In der hohlen Hand zeigte er ihm einen kleinen Schlüssel, der zu Juliette Boynets Wohnungstür paßte.

»Merkwürdig, nicht wahr?« fuhr er fort. »Was für ein seltsamer Zufall... Als ich etwas später in mein Büro reinschaute, da traf ich einen Schlosser an, der auf mich gewartet hatte, ein Schlosser, der hundert Meter von hier entfernt wohnt und der mir erzählen wollte, daß er vor knapp zwei Wochen einen solchen Schlüssel angefertigt hat...«

»Was beweist das schon?«

Gérard zitterte, sah sich hastig um, als suchte er Halt, und sein Blick fiel auf den Sarg seiner Schwester, den die schwarzgekleideten Herren gerade in den Leichenwagen hievten.

»Werden Sie mich festnehmen?«

»Ich weiß es noch nicht...«

»Wenn Sie den Schlosser gefragt haben, dann dürften Sie auch wissen, von wem ich diesen Schlüssel habe...«

Er hatte ihn von Cécile. Die Aussage des Handwerkers ließ daran keinerlei Zweifel.

»Am Montag, dem 25. September«, so hatte er erklärt, »kam eine junge Frau, etwa um die Dreißig, in meine Werkstatt, zeigte mir einen Wohnungsschlüssel vom Typ Yale und erkundigte sich, ob ich ihr so einen machen könnte... Ich hab sie gebeten, mir diesen Schlüssel als Muster dazulassen... Aber sie hat gesagt, sie brauche ihn, weil sie nur den einen besitze, deshalb habe ich einen Abdruck genommen... Am nächsten Tag hat sie den Zweitschlüssel dann abgeholt und mir zwölf Francs fünfundsiebzig dafür bezahlt... Erst als ich in der Zeitung die Personenbeschreibung der ermordeten Cécile Pardon las, und vor allem, als ich erfuhr, daß sie leicht geschielt hat, da...«

Der Trauerzug setzte sich in Bewegung, der Zeremonienmeister stürzte gestikulierend auf Gérard zu, und Maigret sagte leise:

»Wir reden nachher weiter...«

Gérard und seiner Schwester Berthe wurde der Platz gleich hinter den beiden Leichenwagen zugewiesen, aber sie hatten noch keine zehn Meter zurückgelegt, als die Monfils ihnen diesen Rang streitig machten und sich an ihre Stelle drängten.

Ein wenig zurückhaltender und ohne sich die Mühe zu machen, Schmerz vorzutäuschen, folgten die Boynets und die Machepieds und erörterten unterwegs die Erbfolge. Dann kam Monsieur Dandurand mit den bewußten üppig beringten Herren, während einer von ihnen am Ende des Zuges allein das Auto steuerte.

Gleich von Anfang an legte das kapriziöse Pferd ein viel zu schnelles Tempo vor. Als sie auf dem Weg zur Kirche nach links abbiegen mußten, gerieten sie dagegen ins Stocken, und der Verkehr wurde für mehrere Minuten angehalten, so daß drei Straßenbahnen dicht an dicht standen.

Gérards Frau war mit Rücksicht auf ihren Zustand nicht erschienen. Höchstens eine Woche trennte sie noch von ihrer Niederkunft. Maigret war tags zuvor eine Stunde lang bei ihr gewesen, in der Zweizimmerwohnung, in der das Paar über einer Metzgerei in der Rue du Pas-de-la-Mule hauste.

Sie war kaum dreiundzwanzig Jahre alt, und ihr

stand schon die ganze Resignation der Frauen, die ohne Geld einen Haushalt führen müssen, ins Gesicht geschrieben, in einem Gesicht, das seine Jugendlichkeit verloren hatte. Es war zu spüren, daß sie mit unzureichenden Mitteln darum kämpfte, die beiden Räume bewohnbar zu machen. So mancher Einrichtungsgegenstand dürfte bereits seinen Weg in die Pfandleihe angetreten haben. Maigret hatte bemerkt, daß man ihnen auch das Gas abgestellt hatte.

»Gérard hat nie Glück gehabt...«, hatte sie seufzend, doch ohne Groll festgestellt. »Dabei ist er eigentlich ein tüchtiger Junge... Er ist viel intelligenter als manche, die auf guten Posten sitzen... Vielleicht ist er zu intelligent...«

Sie hieß Hélène. Ihr Vater war ein kleiner Steuerbeamter. Sie wagte nicht, ihm zu gestehen, wie es um den Haushalt bestellt war. So ließ sie ihn im Glauben, Gérard habe eine Stelle und sie sei glücklich verheiratet.

»Er kam Ihnen ein wenig verbittert vor, aber man muß sich einmal in seine Lage versetzen... Seit einiger Zeit läuft bei ihm alles schief... Von morgens bis abends jagt er den Stellenanzeigen nach... Hoffentlich glauben Sie wenigstens nicht, er hätte...? Er ist nicht imstande, auch nur die geringste Unredlichkeit zu begehen... Möglicherweise bringt er es zu nichts, weil er zu anständig ist... Wissen Sie, bei seinem letzten Chef, einem Staubsaugerhändler, ist etwas gestohlen worden... Gérard hatte einen seiner Kollegen im Verdacht... Aber er hat nichts gesagt... Als der Chef ihn ausfragte und nicht lockerließ, so als beschuldigte er ihn, da ist Gérard lieber gegangen...

Oh! Sie können die Wohnung durchsuchen... Sie werden nichts Interessantes finden, höchstens Rechnungen...«

Und den Blumentopf auf der Fensterbank! Maigret war aufgefallen, daß vor kurzem jemand in der Erde herumgestochert haben mußte, obwohl die Geranie darin schon seit langem abgestorben war. Er hatte sich einen Augenblick, in dem Hélène nicht aufgepaßt hatte, zunutze gemacht...

Nun schritt er, die Hände in den Taschen, außerhalb des Trauerzugs auf dem Gehsteig, was ihm gestattete, seine Pfeife zu rauchen. Ganz hinten entdeckte er die beiden Siveschi-Töchter, Nouchi und Potsi, die vergnügt mitmarschierten und sich von dem Schauspiel nichts entgehen ließen. Madame Mit-Verlaub-gesagt hatte ihre Conciergenloge für eine Stunde einer Nachbarin anvertraut (sie wußte nicht, daß Maigret vor dem Haus einen Inspektor postiert hatte). Wegen ihres steifen Halses würde sie nur in die Kirche, aber nicht auf den Friedhof mitkommen, denn sie hatte Angst vor Zugluft.

Plötzlich hielt die Kolonne an, obwohl das nicht vorgesehen war. Ein jeder reckte sich und stellte sich auf die Zehenspitzen, um herauszufinden, was sich vorn ereignete.

Juliette Boynet und Cécile waren vom Pech verfolgt. Ein anderer Leichenzug, einer, der Verspätung hatte, während ihrer zu früh eintraf, kam aus einer Querstraße heraus und strebte ebenfalls der Kirche zu. Sie mußten warten. Die Pferde scharrten mit den Hufen auf dem Pflaster. Einige Männer scherten für eine Weile aus dem Trauergeleit aus, um einen trinken zu gehen, und bald sah man sie, sich die Lippen wischend, aus einer kleinen Bar herauskommen.

Orgelklänge waren zu hören, während hinten, auf der Route Nationale Nummer 20 die Autos vorüberfuhren. Der Pfarrer haspelte in aller Eile sein Schlußgebet herunter, und es dauerte nicht lange, bis sich die Türflügel der Kirche wieder öffneten.

Et ne nos inducas in tentationem ...

Der Zeremonienmeister, mit einem Zweispitz auf dem Kopf, umrundete seinen Zug wie ein Hund seine Herde.

Sed libera nos a malo ...
Amen ...

Sie traten in die Kirche ein, ehe die letzten der vorherigen Trauergemeinde sie verlassen hatten. Nur einer der beiden Särge, der von Juliette Boynet, fand auf dem Katafalk Platz. Céciles Sarg wurde dahinter abgestellt, direkt auf den steinernen Bodenplatten, und schon setzte der Pfarrer wieder ein:

Libera nos, Domine ...

Schuhsohlen knirschten, Stuhlbeine knarrten auf dem Boden, und kalte Luft strömte durch die weit offenstehende Tür herein, welche den Blick auf die sonnenbeschienene Straße freigab. Gérard, in der ersten

Reihe, wandte unablässig den Kopf. Suchte er Maigret? Diese Herren, die Charles Dandurand begleiteten, benahmen sich angemessen und steckten Hundert-Francs-Scheine in den Klingelbeutel. Berthe, unter ihrem kirschroten Hut, ließ ihren Bruder nicht aus den Augen, als befürchtete sie, er könnte eine Dummheit begehen.

Pater noster...

Alle zuckten zusammen, denn ein Pressefotograf hatte sich nicht gescheut, einen Magnesiumblitz aufflammen zu lassen.

In seinen dicken Überzieher mit dem Samtkragen eingemummt, lehnte Maigret an einer Steinsäule und bewegte die Lippen, als betete er. Ob er vielleicht für die arme Cécile betete, die im Aquarium am Quai des Orfèvres so lange auf ihn gewartet hatte?

Seit drei Tagen wagte kaum jemand, ihn anzusprechen. Mit schweren Schritten, fast drohend durchmaß er den Flur der Kriminalpolizei, wobei er ebenso am Mundstück seiner Pfeife wie an seiner Wut kaute.

»Geht's Ihnen nicht gut?« hatte ihn der Chef am vergangenen Abend gefragt.

Er hatte nur mit einem Blick geantwortet, mit einem Blick, der so bleiern gewesen war, daß er alle Antworten aufgewogen hatte.

»Sie brauchen den Kopf nicht hängenzulassen, mein Lieber... Wenn Sie erst einen Ansatzpunkt gefunden haben...«

Die bemalten Kirchenfenster leuchteten in der

Sonne; auf ihnen waren die Evangelisten zu sehen, und ohne besonderen Grund betrachtete Maigret vor allem den heiligen Lukas, den der Künstler mit einem braunen, eckigen Bart dargestellt hatte.

Et ne nos inducas in tentationem...

Wartete etwa schon der nächste Leichenzug vor der Tür, daß der Pfarrer das Schlußgebet wieder mit solcher Geschwindigkeit herunterleierte? Das an Trauerzeremonien nicht gewöhnte Pferd wieherte alle paar Minuten, und sein Gewieher hallte in den Gewölben wider wie ein fröhlicher Appell an das Leben...

Warum hatte Cécile vor zwei Wochen ohne das Wissen ihrer Tante einen Zweitschlüssel für die Wohnung anfertigen lassen? Hatte sie ihrem Bruder diesen Schlüssel gegeben? Wenn ja...

Er sah sie immer wieder vor sich, wie sie mit ihrer Tasche auf den Knien reglos im Wartezimmer saß und stundenlang in der gleichen Haltung auszuharren vermocht hatte.

Maigret erinnerte sich daran, daß er vermutet hatte, sie sei entweder mit jemandem mitgegangen, der ihr eingeredet hatte, er würde sie zu ihm bringen, oder mit jemandem, den sie gekannt und dem sie vollkommen vertraut hatte.

Ihr Bruder?

Verlegen wich der Kommissar Gérards Blicken aus, der unablässig nach ihm schielte und den Berthe wohl dadurch zu besänftigen versuchte, daß sie nach seinem Arm griff.

»Hier entlang, Messieurs... Etwas schneller bitte!...«

Auch auf dem Friedhof herrschte an diesem Tag reges Treiben. Sie hasteten an den Familiengruften und an steinernen Grabplatten vorbei. Dann erreichten sie die frischen Gräber, die rechteckigen, von Holzkreuzen überragten Lehmhügel. Die Leichenwagen kamen nicht weiter voran. So wurden die beiden Särge auf Bahren getragen, und auf den schmalen Wegen mußte man sich im Gänsemarsch fortbewegen.

»Wann könnte ich Sie denn sprechen, Herr Kommissar?«

»Wo sind Sie abgestiegen?«

»Im ›Hôtel du Centre‹, am Boulevard Montparnasse...«

Es war Monfils, der sich im Vorbeigehen an Maigret herangemacht hatte.

»Ich komme wahrscheinlich im Lauf des Tages hin...«

»Soll ich Sie nicht lieber in Ihrem Büro aufsuchen?«

»Ich weiß nicht, wann ich dort sein werde...«

Und Maigret ging auf Berthe zu, die im Gedränge für einen Augenblick von ihrem Bruder getrennt worden war.

»Sie sollten ihn nicht allein lassen... Er ist sehr überreizt... Versuchen Sie doch, ihn in Ihre Wohnung mitzunehmen, dort werde ich mit ihm reden...«

Zum Zeichen ihres Einverständnisses blinzelte sie ihm zu. Sie war hübsch, und der Anblick ihrer kleinen, rundlichen Figur verscheuchte jeden tragischen Gedanken.

»Sagen Sie mal, Herr Kommissar...«

Maigret drehte sich um und sah einen der Herren aus Dandurands Gefolge vor sich.

»Könnten wir uns nicht ein paar Minuten unterhalten? Am Ausgang des Friedhofs gibt es ein ruhiges Bistro...«

Ein Chorknabe, der aussah, als renne er, so schnell ihn seine kurzen Beine nur trugen, wobei sie sich in dem schwarzen Gewand, unter dem schwere Nagelschuhe zum Vorschein kamen, noch zu verfangen drohten, lief einem Diakon hinterher, der sich schließlich über die offene Grube beugte, die Lippen bewegte, die Seiten seines Meßbuchs umblätterte und die erste Schaufelvoll Erde ins Grab warf. Gérard und der Vetter Monfils streckten gleichzeitig die Hand nach der Schaufel aus. Weil einige Köpfe die Sicht versperrten, konnte Maigret nicht erkennen, wer von den beiden sie zuerst eroberte.

Dann löste sich alles sehr schnell auf. Nouchi kam näher und betrachtete den Kommissar unverfroren. Es fehlte nicht viel und sie hätte ihn wie einen Filmschauspieler um ein Autogramm gebeten.

Als Maigret die Tür des Bistros aufstieß, das inmitten einer Lagerstätte für Grabsteine aufragte, erhoben sich die bewußten Herren, die schon um einen Tisch herum saßen, alle auf einmal.

»Verzeihen Sie bitte, daß ich Sie herbemüht habe... Was trinken Sie? Garçon!... Dasselbe für den Kommissar...«

Charles Dandurand saß auch da, aalglatt und grau, so grau wie die Grabplatten.

»Nehmen Sie doch Platz, Herr Kommissar! Wir wären ja in Ihr Büro gekommen, aber vielleicht ist es besser...«

Die ganze Clique der Bordellbesitzer, die sich allabendlich bei Albert versammelte, war vollzählig und so gelassen, als säßen sie am grünen Tisch eines Verwaltungsrats.

»Auf Ihr Wohl!... Wir brauchen Ihnen nichts vorzumachen, nicht wahr?... Kommissar Cassieux kennt uns, und er weiß, daß wir sauber sind...«

Der Zwölfzylinder stand vor der Tür, und Kinder untersuchten gründlich und voller Bewunderung seine Chromteile, die in der Sonne funkelten.

»Es handelt sich natürlich um die arme Juliette... Wie Sie wissen, befaßt sich das Gesetz, angeblich aus Gründen der Moral, ja nicht mit den Machenschaften, die unsere Unternehmen betreffen... Wir müssen unter uns miteinander klarkommen... Nun war die alte Juliette aber an mindestens einem Dutzend Häusern beteiligt, ganz zu schweigen von denen in Béziers und in der Rue d'Antin, die ihr zur Gänze gehörten... Monsieur Charles wird Ihnen bestätigen, daß wir gestern abend eine Versammlung abgehalten und besprochen haben, was jetzt zu tun sei...«

Die anderen pflichteten ihm mit bedächtigem Kopfnicken bei. Monsieur Charles hatte seine aschfahlen, behaarten Hände flach auf den Tisch gelegt.

»Garçon, nochmal dasselbe!... Wissen Sie, wieviel das macht, Herr Kommissar, in barer Münze?... Etwas mehr als dreitausend Riesen, anders gesagt: drei Millionen... Wir wollen da kein Risiko eingehen...

Anscheinend gibt es aber kein Testament... Monsieur Charles hat keine Lust, Scherereien zu kriegen, und da hat er recht... Deshalb wollten wir Sie fragen, was wir tun sollen... Zwei Kunden haben ihn bereits aufgesucht... Zuerst ein gewisser Monfils, dieser Kerl mit der Leichenbittermiene, den Sie ja gesehen haben, mit seinen Sprößlingen... Dann der Bruder der Mamsell, der junge Gérard... Sie wollen Geld, der eine wie der andere... Wir haben ja nichts dagegen; wir müßten nur wissen, wem die Moneten eigentlich zustehen... Das ist die Lage... Wir können schließlich keine Läden dichtmachen, die prima laufen, nur weil...«

Plötzlich erhob sich derjenige, der gesprochen hatte, und packte den Kommissar am Ärmel.

»Seien Sie so gut, kommen Sie mal kurz mit!«

Er zog Maigret in ein Hinterzimmer.

»Ich bin nun einmal, was ich bin... Doch eins kann ich Ihnen versichern, und alle meine Freunde werden mir da beipflichten: Monsieur Charles ist immer korrekt gewesen... Die Papiere der Alten sind zwar verschwunden, aber wir sind keine Leute, die auf Unterschriften herumreiten... Ich habe drei Millionen gesagt... Vielleicht ist es sogar etwas mehr... Mit oder ohne Papiere, niemand wird davon etwas kassieren, bevor Sie uns einen Wink geben...«

»Ich werde mit meinen Vorgesetzten darüber reden«, erklärte Maigret.

»Einen Moment... Noch etwas, aber die Freunde müssen es auch hören...«

Sie kehrten in die Gaststube zurück.

»Also, Herr Kommissar!... Wir haben beschlossen,

Ihnen zwanzig Riesen zur Verfügung zu stellen, um den Schuft zu finden, der die alte Juliette kaltgemacht hat... Einverstanden?... Genügt das?... Ist alles klar?... Monsieur Charles wird Ihnen die Moneten geben...«

Der ehemalige Anwalt hielt den Augenblick für gekommen und zog eine zum Bersten gefüllte Brieftasche heraus.

»Nicht jetzt!« wehrte der Kommissar ab. »Ich muß erst mit meinen Vorgesetzten... Garçon! Was kriegen Sie von mir?... Doch, doch!... Es tut mir leid, ich bestehe darauf...«

Und er bezahlte seine Getränke, während derjenige der Herren, der als Wortführer aufgetreten war, brummelte:

»Wie Sie wollen... Ist aber nicht gerade die feine Art!...«

Maigret verließ das Bistro, mit der Wärme der beiden Aperitifs im Leib. Nach kaum zehn Schritten hielt er jäh inne.

Gérard, gereizter denn je, stand vor ihm, und seine Schwester Berthe warf dem Kommissar einen Blick zu, der hieß:

»Ich habe mein möglichstes getan, um ihn mitzunehmen... Sehen Sie nur selbst!... Es war nichts zu machen...«

Céciles Bruder, der etwas zu trinken aufgetrieben hatte und dessen Atem nach Alkohol roch, blaffte in zu scharfem Ton, mit bebenden Lippen:

»Jetzt hoffe ich, Herr Kommissar, daß Sie mir Rede und Antwort stehen werden...«

Die Totengräber waren überlastet. Sie wurden an anderen Gräbern gebraucht, und auf Céciles Sarg lagen noch immer nur wenige Schaufelvoll gelber Lehmerde.

2

Nach Ihnen, Kleine ...«

Obgleich es nicht Maigrets Gepflogenheiten entsprach, empfand er, ohne sich dessen bewußt zu werden, das Bedürfnis, seine Hand auf Berthe Pardons runde Schulter zu legen. Viele Männer in reifem Alter oder in mittleren Jahren tun derlei für gewöhnlich, mit väterlicher Miene, und es fällt im allgemeinen kaum auf. Wahrscheinlich hatte sich der Kommissar dabei ungeschickt angestellt, denn das junge Mädchen drehte sich erstaunt zu ihm um, und während er ein wenig verlegen war, schien sie sagen zu wollen: »Sie also auch? ...«

Ihr Bruder hatte als erster die Wohnung betreten, die die Dekorateure des Bestattungsinstituts erst wenige Augenblicke zuvor verlassen hatten, denn sie waren ihnen am Fuß der Treppe noch mit ihrer Ausrüstung begegnet.

Maigret wollte ebenfalls gerade hineingehen, als er ganz in seiner Nähe eine Stimme mit leichtem Akzent flöten hörte:

»Ich würde Sie gern sprechen, Herr Kommissar ...«

Er fand sich wieder Nouchi gegenüber, die für die Beisetzung ein zu kurzes und zu enges, vermutlich schon zwei oder drei Jahre altes, schwarzes Kostüm aus der Zeit vor ihrem letzten Wachstumsschub angezogen hatte, in dem sie noch aufreizender als sonst aussah.

»Später...«, wehrte er rasch und voller Unmut ab, weil dieses kecke Mädchen seine Geduld strapazierte.

»Aber es ist sehr wichtig!«

Er betrat indes das Appartement der verstorbenen Juliette Boynet, schloß die Tür und murrte nur:

»Wichtig oder nicht, es wird wohl warten müssen...«

Da er nun einmal Gérard greifbar hatte, würde er sich zunächst ihn vornehmen, und er hatte wahrlich nichts dagegen, daß Berthe zugegen war. Die Wohnung der alten Frau war für diese Unterredung besser geeignet als das Büro am Quai des Orfèvres. Schon die Atmosphäre zerrte an Gérards Nerven. Mit einer gewissen Beklemmung betrachtete er die Wände, von denen man eben erst die schwarzen Tücher abgenommen hatte, und er sog widerwillig den Duft der Kerzen und Blumen ein, der noch als schaler Geruch des Todes im Raum hing.

Berthe Pardon verhielt sich dagegen so unbefangen wie hinter ihrem Ladentisch in den Galeries Lafayette oder in dem Restaurant mit den Einheitspreisen, in dem sie ihre Mahlzeiten einnahm. Ihr rundes, noch kindliches Gesicht strahlte Gelassenheit und Selbstzufriedenheit aus, was einige ein ruhiges Gewissen nennen würden. Sie verkörperte genau den Typ des jungen Mädchens, wie er im Buche steht, ein Mädchen, das nicht nur mit der Sünde, sondern selbst mit dem Gedanken an die Sünde noch nicht in Berührung gekommen war.

»Setzt euch, Kinder!« begann Maigret, während er seine Pfeife aus der Tasche zog.

Gérard war zu fahrig, um in einem der Sessel des Salons stillzusitzen. Ganz im Gegensatz zu seiner Schwester war er ständig auf der Hut, ständig von sich überschlagenden Gedanken geplagt, und sein Blick war unstet.

»Geben Sie doch zu, daß Sie den Verdacht haben, ich hätte meine Tante und meine Schwester umgebracht...«, sagte er mit bebenden Lippen. »Weil ich arm bin, weil ich immer vom Pech verfolgt wurde!... Es kümmert Sie wenig, meine Frau zu beunruhigen, die Nachwuchs erwartet und ohnehin nicht die gesündeste ist... Sie machen sich meine Abwesenheit zunutze, um unsere Wohnung zu durchsuchen... Sie sind absichtlich zu einer Zeit hingegangen, als ich nicht daheim war...«

»Das stimmt...«, bemerkte der Kommissar, der sich seine Pfeife anzündete und die Porträts an den Wänden betrachtete.

»Weil Sie keinen Haussuchungsbefehl hatten! Weil Sie wußten, daß ich Sie das nicht hätte tun lassen...«

»Aber nein! Durchaus nicht!...«

Berthe legte ihren Pelz ab, einen zu langen und zu schmalen Marder, den sie um den Hals geschlungen hatte, und der Kommissar sah den Ansatz einer weißen, vollen Brust.

»Haben Sie diesen falschen Fuffziger von Monfils überhaupt gefragt, wo er in der Nacht des Verbrechens war? Sicher nicht, denn der, das ist ein...«

»Ich habe vor, mich heute nachmittag bei ihm danach zu erkundigen...«

»Dann können Sie ihn auch gleich fragen, ob man

uns, meine Schwestern und mich, nicht schon von jeher bestohlen hat ...«

Er zeigte auf ein Frauenporträt, eine etwas verblichene Vergrößerung einer Fotografie.

»Das ist meine Mutter ...«, erklärte er. »Sie war so wie Cécile ... Nicht nur im Aussehen, sondern sie hatte auch den gleichen Charakter ... Sie können das nicht verstehen ... Immer untertänig, von der Furcht zernagt, sie könnte sich eine Stellung anmaßen, die ihr nicht gebührt, sie könnte sich mehr herausnehmen, als ihr zusteht ... Ein gewissermaßen krankhaftes Bedürfnis, sich aufzuopfern ... Meine arme Schwester war genauso, und sie hat ihr ganzes Leben lang das Dasein eines Dienstboten gefristet ... Stimmt's, Berthe?«

»Doch, das ist wahr«, pflichtete sie ihm bei. »Tante Juliette hat sie wie ein Hausmädchen behandelt ...«

»Was der Kommissar nicht weiß ...«

Beinahe hätte Maigret gelächelt, denn es gab auf jeden Fall etwas, was sein hitziger Gesprächspartner auch nicht ahnen konnte: die Tatsache, daß er selbst an einem Minderwertigkeitskomplex litt. Bisweilen hatte er diese demütige Bescheidenheit, die ihn störte, schon abschütteln wollen, wobei er dann aggressiv wurde, in entgegengesetzter Richtung übertrieb, die Menschen verächtlich von oben herab behandelte.

»Meine Mutter war die Ältere. Sie war vierundzwanzig, als meine Tante Boynet kennenlernte, der reich war. Die zwei Schwestern, Vollwaisen, lebten damals in Fontenay von dem Geld, das ihnen ihre Eltern hinterlassen hatten. Und dann passierte folgendes: Um Boynet heiraten zu können, brauchte meine Tante eine Mitgift. Sie schaffte es, daß meine Mutter auf ihr Erbteil verzichtete. Jeder in der Familie weiß das, und wenn Monfils kein Lügner ist, wird er Ihnen das bestätigen. So kam es, daß Tante Juliette dank meiner Mutter eine glänzende Partie gemacht hat.

Ich werde dir das eines Tages vergelten ... Du kannst sicher sein, ich werde es nie vergessen ... Wenn ich erst verheiratet bin ...

Pustekuchen! Kaum war sie verheiratet, da war ihr ihre Schwester zu arm, um sie in die neuen Kreise aufzunehmen, in denen sie sich nun bewegte, und meine arme Mama hat als Verkäuferin in einem Warenhaus in Fontenay angefangen ... Sie hat dann einen Abteilungsleiter geheiratet, der schon damals kränklich war ... Sie hat weitergearbeitet ...

Wir wurden geboren, und mit knapper Not hat sich meine Tante bereiterklärt, Céciles Taufpatin zu werden ... Wissen Sie, wieviel sie ihr zu ihrer Erstkommunion geschickt hat? ... Hundert Francs! ... Dabei besaß ihr Mann bereits ein Dutzend Häuser ...

Mach dir keine Sorgen, Emilie, schrieb sie meiner Mutter. *Sollte dir etwas zustoßen, werde ich mich um die Kinder kümmern ...*

Mein Vater starb als erster. Meine Mutter ist ihm bald gefolgt. Tante Juliette war inzwischen Witwe geworden und gerade hier eingezogen, aber damals bewohnte sie noch die ganze Etage.

Es war der Vetter Monfils, der uns von Fontenay hergebracht hat ... Du, Berthe, du warst noch zu klein ... Du erinnerst dich nicht mehr daran ...

Mein Gott! Wie mager sie sind! rief Tante Juliette aus, als sie uns sah. *Man könnte meinen, meine arme Schwester hätte ihnen nichts zu essen gegeben ...*

Dann begann sie alles zu kritisieren, unsere Kleider, unsere Wäsche, unsere zu leichten Schuhe, unsere Erziehung ...

Cécile, die schon fast erwachsen war, wurde sofort wie ein Hausmädchen behandelt. Mich wollte sie in eine Lehre schicken, unter dem Vorwand, daß arme Leute einen handwerklichen Beruf haben sollten ... Wenn ich mal mit einem Riß in der Hose heimkam, gab es endlose Vorwürfe ... Ich war angeblich undankbar; ich wußte nicht zu schätzen, was man für mich und meine Schwestern tat; mit mir würde es sicher ein böses Ende nehmen ...

Cécile litt, ohne ein Wort zu sagen ... Das frühere Dienstmädchen wurde entlassen, denn meine Schwester reichte ja für die ganze Arbeit aus ... Wollen Sie sehen, wie wir angezogen waren? ...«

Er holte von einem Schrank ein Foto herunter, das alle drei zeigte, Cécile in Schwarz, wie Maigret sie kennengelernt hatte, die Haare streng nach hinten gekämmt, Berthe, noch ganz klein und rundlich, in einem für ihr Alter zu langen Kleid, und Gérard, mit etwa vierzehn oder fünfzehn Jahren, in einem Anzug, der sicher nicht für ihn geschneidert worden war.

»Ich bin lieber freiwillig zum Militär gegangen, aber mir hat man am Monatsende nicht einmal ein Fünf-Francs-Stück geschickt ... Meine Kameraden bekamen Pakete, Zigaretten ... Mein ganzes Leben lang hab ich nach anderen geschielt ...«

»Wie alt waren Sie, als Sie aus dem Haus Ihrer Tante auszogen?« wandte sich Maigret an das Mädchen.

»Sechzehn...«, antwortete sie. »Ich habe mich allein in einem großen Warenhaus vorgestellt... Man hat mich nach meinem Alter gefragt, und ich habe behauptet, ich sei schon achtzehn...«

»Zu meiner Hochzeit«, fuhr Gérard fort, »hat mir meine Tante eine silberne Tortenschaufel geschickt... Als ich sie in einer Notlage eines Tages verkaufen mußte, hat man mir dreißig Francs dafür gegeben... Cécile hat sich kaum satt essen können, und dabei war meine Tante reich... Jetzt, da sie tot ist, schieben Sie mir die Schuld zu, auch Sie...«

Man spürte seine Verbitterung, seinen Aufruhr, in einem Maß, daß es einem weh tat.

»Waren Sie nie in Versuchung geraten, Ihre Tante zu ermorden?« erkundigte sich Maigret mit einer Seelenruhe, die das junge Mädchen aufschreckte.

»Wenn ich ja sage, dann schließen Sie daraus, daß ich sie erwürgt habe, nicht wahr?... Sei's drum! Ja, mir war oft danach zumute... Leider war ich dazu zu feig... Jetzt denken Sie, was Sie wollen... Nehmen Sie mich fest, wenn es Ihnen Spaß macht: das wär höchstens eine Ungerechtigkeit mehr...«

Berthe blickte auf ihre kleine Armbanduhr.

»Brauchen Sie mich noch, Herr Kommissar?«

»Warum?«

»Es ist gerade Mittag... Mein Freund erwartet mich vorm Warenhaus...«

Selbst als sie von ihrem Liebhaber sprach, behielt sie ihr jungfräuliches Aussehen bei.

»Sie haben ja meine Adresse: Rue Ordener 22 ... Ich bin nach sieben Uhr fast immer zu Hause, außer an den Abenden, an denen wir ins Kino gehen ... Was werden Sie mit Gérard machen? ... Er ist schon immer so gewesen ... Das hat nichts zu bedeuten ... Brauchst du Geld, Gérard? ... Gib Hélène einen Kuß von mir ... Sag ihr, daß ich sie morgen oder übermorgen besuchen werde ... Sie haben mir im Warenhaus drei Tage freigegeben ...«

Sie wandte sich zur Tür, schaute noch einmal zurück, um den beiden Männern zuzulächeln, und ging hinaus.

»So weit haben wir's gebracht«, stellte Gérard fest. »Ihr Freund ist ein verheirateter Mann! Wenn meine arme Mutter ...«

»Sagen Sie, warum hat Ihnen Cécile eigentlich diesen Schlüssel gegeben?«

»Wollen Sie das wirklich wissen? Ich werd's Ihnen sagen. Um so schlimmer für Sie! Sie hat ihn mir gegeben, weil die Polizei ihre Aufgabe nicht erfüllt! Weil sie, wenn sich arme Leute an sie wenden, ihnen nicht einmal zuhört! Cécile war mehrere Male bei Ihnen, Sie werden nicht wagen, das zu bestreiten. Sie hat Ihnen gestanden, daß sie Angst hatte, daß in der Wohnung Dinge passierten, die sie einfach nicht kapierte. Und was haben Sie getan? Sie haben sich über sie lustig gemacht. Sie haben ein paarmal einen kleinen, lächerlichen Wachtmeister hergeschickt, der sich damit begnügte, vorm Haus spazierenzugehen ... Als Cécile wieder einmal in Ihr Büro kam, in der Gewißheit, daß nachts jemand in diesen Salon eingedrungen war, da hat sie gespürt, daß bei der Kriminalpolizei ein jeder über sie gespottet hat... Das ging sogar so weit, daß die Inspektoren nacheinander am Wartezimmer vorbeizogen, um sie aus nächster Nähe zu betrachten...«

Maigret hatte den Kopf gesenkt.

»Daraufhin hat sie sich einen Nachschlüssel machen lassen... Sie hat mich gebeten...«

»Verzeihung! Wo haben Sie sich mit Ihrer Schwester getroffen?«

»Auf der Straße! Wenn ich mit ihr reden mußte...«

»Um sie um Geld zu bitten?«

»Um sie um Geld zu bitten, ja, das stimmt! Man könnte meinen, es freut Sie, daß Sie das herausgefunden haben! Sie hat es tatsächlich manchmal geschafft, mir ein paar Francs zuzustecken, nie viel, die sie sozusagen vom Einkaufsgeld abzwacken konnte. Ich wartete an der Ecke auf sie, um die Zeit, um die sie auf den Markt ging!... Darauf wollten Sie doch hinaus?... Na, nun wissen Sie's!... Vor ungefähr zehn Tagen hat sie mir diesen Schlüssel gegeben... Sie hat mich gebeten, mich ab und zu nachts in die Wohnung zu schleichen, um vielleicht herauszukriegen, was sich hier abspielt...«

»Und sind Sie gekommen?«

»Nein... Wegen meiner Frau... Der Arzt befürchtet eine vorzeitige Geburt... Ich hatte mir vorgenommen, es danach zu tun...«

»Wie wären Sie denn unten durch die Haustür gelangt?...«

»Cécile hatte an alles gedacht. Um sieben Uhr bringt die Concierge jeden Abend die Post herauf...

Sie bleibt dann unfehlbar immer auf ein paar Minuten bei den Deséglise, das sind die Mieter im zweiten Stock links ... Ich brauchte nur genau in diesem Augenblick hereinzuhuschen ...«

»Und Ihre Tante?«

»Was soll's! Ich weiß ja, daß alles, was ich Ihnen sage, nur gegen mich spricht. Das ist schließlich so einfach! Auch gut! Meine Tante litt an Schmerzen in den Beinen und ließ sich jeden Abend etwa um diese Zeit eine Heißluftmassage machen ... Anscheinend verschaffte ihr das Linderung. Meine Schwester benutzte dazu immer einen Fön, so einen wie man sie beim Friseur sieht ... Der war ziemlich laut ... Laut genug, daß ich mit meinem Schlüssel die Wohnung betreten und mich unter Céciles Bett verstecken konnte ... Sind Sie nun zufrieden? ... Jetzt habe ich ehrlich gestanden Hunger, und meine Frau wartet auf mich ... Sie haben ihr mit Ihrem Besuch schon genug Angst eingejagt. Wenn ich nicht nach Hause komme, dann meint sie ... Entweder Sie nehmen mich fest, oder ich bitte Sie um die Erlaubnis zu gehen ... Was die Erbschaft betrifft, die uns rechtmäßig zusteht, so werden wir ja sehen, ob ...«

Er wandte den Kopf ab, aber nicht schnell genug, als daß Maigret die Tränen nicht mehr gesehen hätte, die ihm seine Wut in die Augen getrieben hatte.

»Sie können gehen«, erklärte der Kommissar.

»Wirklich?« fragte der junge Mann ironisch. »Sie verhaften mich noch nicht? Zu gütig von Ihnen, ich weiß gar nicht, wie ich Ihnen danken soll.«

Gérard war sich nicht sicher, ob er richtig gehört

hatte, aber während er die Tür ansteuerte, kam es ihm so vor, als sagte Maigret achselzuckend:

»Kleiner Dummkopf!«

Hoffte Nouchi immer noch, den Kommissar zu verführen? Jedenfalls legte sie alles darauf an, in einer seltsamen Mischung aus Verschlagenheit und Naivität. Sie zog sogar, während sie sich ihm gegenübersetzte, umsichtig ihren Rock über ihre spitzen Knie hoch.

»Wo waren Sie?« fragte er barsch.

»Auf der Straße.«

»Was haben Sie auf der Straße gemacht?«

»Ich hab mich mit einem Freund unterhalten...«

»Sind Sie sicher, daß es am Abend vor dem Verbrechen war?«

»Es steht in meinem Tagebuch... Ich schreibe jeden Abend auf, was ich am Tag gemacht hab...«

Maigret überlegte, daß in diesem merkwürdigen Tagebuch des haltlosen jungen Mädchens auch von ihm die Rede sein mußte. Nouchi gehörte zu jenen, die sich in jeden verlieben, in den Polizisten an der Ecke ebenso wie in einen Nachbarn, der tagtäglich zur gleichen Zeit vorübergeht, in einen Filmschauspieler, den sie bloß von der Leinwand kennen, oder in einen berühmten Mörder. Im Moment lag Maigret in Führung!

»Den Namen dieses Freundes kann ich Ihnen nicht nennen, denn er ist verheiratet...«

Sieh mal einer an! Auch Berthe, die stille Berthe hatte einen verheirateten Mann als Liebhaber!

»Und Sie hielten sich auf der Straße in der Nähe des

Hauses auf... Hatten Sie nicht Angst, daß Ihre Eltern Sie entdecken?«

»Meine Eltern kümmern sich nicht darum... Die sind *schwer in Ordnung*...«

»Sie behaupten also, Sie hätten Gérard Pardon ins Haus gehen sehen...«

»Er war genauso angezogen wie heute, er trug denselben Regenmantel und seinen grauen Hut mit der heruntergeschlagenen Krempe... Er hat sich umgeschaut und ist dann schnell im Flur verschwunden...«

»Wie spät war es da?«

»Sieben Uhr abends... Ich weiß es genau, weil der Briefträger kurz zuvor auf seiner letzten Runde vorbeigekommen war...«

»Ich danke Ihnen...«

»Das ist doch wichtig, nicht wahr?«

»Ich weiß nicht...«

»Wenn aber Céciles Bruder genau an dem Abend im Haus gewesen ist...«

»Ich danke Ihnen, Mademoiselle...«

»Haben Sie keine weiteren Fragen mehr an mich?«

»Nein, keine...«

Sie stand nicht auf; sie hoffte immer noch.

»Sie können mit meiner Hilfe rechnen... Ich kenne mich im Haus gut aus... Ich könnte Ihnen erzählen...«

»Ich danke Ihnen...«

Er wandte sich der Tür zu. Im Vorbeigehen streifte sie ihn mit ihrem Körper, dessen Muskeln angespannt wie die Saiten einer Violine waren.

»Muß ich nicht in Ihr Büro kommen, damit meine Aussage zu Protokoll genommen wird?«

»Erst wenn Sie vorgeladen werden...«

»Auf Wiedersehen, Herr Kommissar...«

»Auf Wiedersehen...«

Und Maigret stieg die Treppe hinunter, nachdem er den Schlüssel in die Tasche gesteckt hatte. Inspektor Jourdan stand noch immer auf dem Gehsteig gegenüber. Maigret gab ihm einen Wink, daß er dableiben sollte, und suchte ein Taxi.

Während des Mittagessens am Boulevard Richard-Lenoir vermochte ihm seine Frau kein Wort zu entlokken. Er stützte die Ellenbogen auf, zerkrümelte Brot auf der Tischdecke, kaute geräuschvoll, und all das verhieß nichts Gutes.

»Das ist nicht Ihre Schuld, wenn diese Cécile...«, begann sie vorsichtig.

Denn in solchen Momenten redete sie ihn mit »Sie« an. Dann kam es auch vor, daß sie, wenn sie von ihm sprach, »Der Kommissar...« sagte. Oder gar, aber das war seltener: »Ich werde Monsieur Maigret fragen, ob...«

Merkte er überhaupt, daß er eine sahnige Karamelcreme verspeiste? Kaum hatte er sich den Mund mit der Serviette abgewischt, da griff er auch schon wieder nach seinem Überzieher, der so steif wie ein Militärmantel war. Sie erkannte an seiner Miene, daß es zwecklos war, ihn danach zu fragen, wann er nach Hause kommen würde.

»›Hôtel du Centre‹, Boulevard Montparnasse...«, rief er dem Taxifahrer zu.

Ein ruhiges Hotel mit Stammgästen aus der Provinz, die beinahe alle jeweils an einem bestimmten Tag nach Paris kamen. Es roch nach Schmorbraten und trockenem Gebäck.

»Monsieur Monfils, bitte...«

»Er erwartet Sie im Wintergarten...«

Denn das Hotel hatte auch einen Wintergarten, oder vielmehr einen teilweise verglasten Raum mit Ziersteinen, Grünpflanzen und einem Springbrunnen. Monsieur Monfils, immer noch in Volltrauer, das Taschentuch in der Hand, saß mit geröteter und feuchter Nase in einem Sessel aus spanischem Rohr und rauchte eine Zigarre, in Gesellschaft eines Herrn, von dem Maigret den Eindruck hatte, daß er ihm schon einmal begegnet sei.

»Darf ich Ihnen meinen Anwalt, Maître Leloup, vorstellen... Maître Leloup wird künftig meine Interessen in Paris vertreten...«

Dieser war ebenso dick, wie Monfils dünn war, und hatte ein gut gefülltes Glas vor sich auf dem Tisch.

»Guten Tag, Kommissar... Nehmen Sie doch bitte Platz... Mein Klient...«

»Verzeihen Sie!« fiel ihm Maigret ins Wort. »Ich wußte gar nicht, daß Monsieur Monfils bereits einen Anwalt benötigt...«

»Einen Rechtsbeistand in geschäftlichen Angelegenheiten, wohlgemerkt!... Wir stehen da einer zumindest undurchsichtigen Situation gegenüber, solange das Testament noch nicht gefunden ist...«

»Wer sagt Ihnen, daß es ein Testament gibt?«

»Also, das liegt doch auf der Hand... Eine vermögende Frau, eine Frau von Verstand wie Madame Boynet, geborene Cazenove, die hat es bestimmt nicht versäumt...«

In diesem Augenblick brach Madame Monfils mit den fünf Monfils-Söhnen in den Wintergarten ein, wobei die Buben wieder der Größe nach aufmarschierten.

»Ich bitte um Verzeihung«, murmelte die Gemahlin mit einem schmerzlichen, den Umständen angepaßten Lächeln. »Wir fahren jetzt zum Bahnhof, Henri!... Wir kommen gerade noch rechtzeitig... Auf Wiedersehen, Herr Kommissar... Auf Wiedersehen, Maître Leloup... Werden Sie auch nicht zu lange in Paris bleiben, Henri?...«

Die Kinder umarmten nacheinander ihren Vater. Der Hausdiener wartete indes mit dem Gepäck. Schließlich, kaum daß seine Familie entschwunden war, goß Henri Monfils sich ebenfalls ein Glas Weinbrand ein, schenkte, ohne ihn zu fragen, auch Maigret ein und begann:

»Ich hielt es für meine Pflicht, Herr Kommissar, insbesondere für meine Pflicht meiner Familie gegenüber, mich an einen rechtskundigen Mann zu wenden, der künftig mit Ihnen in Verbindung bleiben wird und...«

Ihm lief die Nase. Monfils schaffte es mit knapper Not, sein eben weggestecktes Taschentuch wieder hervorzuholen. Zugleich wunderte er sich, warum der Kommissar aufstand und nach seinem Hut griff, den er auf einen Stuhl gelegt hatte.

»Aber... Wo gehen Sie denn hin?...«

»Ich werde Maître Leloup gern in meinem Büro empfangen, wenn er mir etwas mitzuteilen hat«, entgegnete Maigret. »Meine Verehrung, meine Herren...«

Henri Monfils konnte es nicht fassen.

»Was hat er denn?... Was ist bloß in ihn gefahren?...«

Und der Rechtsbeistand, der sich in seinen Rohrsessel zurückgelehnt hatte und mit der feisten Hand wärmend das Weinbrandglas umschloß, säuselte voller Optimismus:

»Darum brauchen Sie sich nicht zu kümmern... So ist er nun einmal... Diese Polizisten, wissen Sie, die haben nicht gern mit Leuten vom Fach zu tun... Es hat ihn geärgert, daß er mich hier vorgefunden hat... Verlassen Sie sich nur darauf, ich werde schon...«

Er hielt inne, heftig damit beschäftigt, die Spitze der Zigarre abzubeißen, die ihm sein Klient angeboten hatte.

»Glauben Sie mir nur...«

Die ersten Ausgaben der Abendzeitungen, die soeben erschienen waren, veröffentlichten Bilder von der Beerdigung. Eins war dabei, auf dem Maigret gut zu sehen war, am Rand von Céciles Grab, gleich neben dem Vikar, der den Weihwedel schwenkte.

Jourdan, der sich vor dem Haus in Bourg-la-Reine, in dem in den Fenstern langsam die Lichter angingen, ein Loch in den Bauch stand, der Chef der Sûreté, der in seinem Büro telefonierte und nicht wußte, was er dem Staatsanwalt antworten sollte, sowie Madame Maigret, die ihr Kupfer putzte, wären sehr überrascht gewesen, wenn sie Maigret hätten sehen können, wie er, die Hände in den Manteltaschen, die Pfeife zwischen den Zähnen, den Boulevard Montparnasse entlangschlenderte, vor einem Nonstopkino mit einem Vestibül voll bunter Plakate stehenblieb, schließlich die Kasse ansteuerte, Geld hineinreichte und dabei brummte:

»Einmal Balkon ...«

Daraufhin folgte er gehorsam der jungen Frau im schwarzen Seidenkleid mit Bubikragen, die vor ihm herging und den schmalen Strahl einer Taschenlampe auf die Stufen richtete.

»Verzeihung ... Verzeihung ... Verzeihung ...«

Er zwängte sich zwischen den Sitzreihen hindurch und wurde sich dessen bewußt, daß er alle störte und manchem im Vorbeigehen auf die Zehen trat.

Er hatte keine Ahnung, was gespielt wurde. Gewaltige Stimmen, die aus dem Nichts kamen, erfüllten den Saal, während auf der Leinwand ein Schiffskapitän ein Mädchen in die Koje seiner Kabine stieß: »Aha! Du warst hier, um mir nachzuspionieren ...« – »Haben Sie Erbarmen, Käpten Brown ... Wenn schon nicht meinetwegen, dann wenigstens wegen ...«

»Verzeihen Sie ...«, meldete sich eine leise, schüchterne Stimme rechts vom Kommissar.

Und seine Platznachbarin zog den Zipfel ihres Mantels weg, auf den Maigret sich gesetzt hatte.

3

Maigret war warm. Ihm war *gut warm*, wie er als Kind zu sagen pflegte, und wären die Lichter plötzlich aufgeflammt, hätte man ihn, tief in seinen Mantel eingemummt, die Hände in den Taschen, den Körper leicht nach hinten geneigt und die Augen halb geschlossen, für den Inbegriff der Glückseligkeit gehalten.

In Wahrheit war das ein Trick, eine kleine Mogelei, mit der er sich selbst überlistete, wenn er genug davon hatte, über ein und dasselbe Thema nachzudenken, und wenn er merkte, daß sein Verstand an einen Punkt gelangt war, an dem er leer lief. Im Sommer hätte er sich auf der Terrasse eines Cafés in die Sonne gesetzt und sich mit halb gesenkten Lidern bei einem Glas Bier schmoren lassen.

Als am Quai des Orfèvres die Zentralheizung installiert worden war und der Kommissar erfolgreich darum gebeten hatte, seinen alten Kohleofen behalten zu dürfen, da hatten die jungen Inspektoren mit den Schultern gezuckt. Sei's drum! Ihm war es von jeher um den berühmten Trick gegangen... Wenn er nicht weiterkam, wenn ein Problem vom vielen darüber Nachgrübeln jegliche Substanz verlor und nur noch eine Reihe nichtssagender Begebenheiten ohne jeden Zusammenhang zu sein schien, dann füllte Maigret seinen Ofen bis obenhin, wärmte sich mal von vorn, mal von hinten daran, stocherte im Feuer herum, öffnete den Schieber ganz weit, und nach und nach wurde ihm wohler in seiner Haut, prickelte es ihm in den Augenlidern und verschwammen die Konturen der Dinge um ihn herum, woran gewiß auch der Rauch aus seiner ewig brennenden Pfeife nicht ganz unbeteiligt war.

In diesem Zustand physischer Untätigkeit spürte sein Verstand, wie beim Träumen, bisweilen läppische Zusammenhänge auf und schlug Wege ein, die die reine Vernunft nicht erschlossen hätte...

Madame Maigret hatte das nie verstanden. Wenn sie am Ende einer Filmvorführung nach seinem Arm griff, ließ sie es sich nicht entgehen, mit einem Seufzer festzustellen:

»Du hast schon wieder geschlafen, Maigret... Ich frage mich, warum du zwölf Francs für einen Kinosessel bezahlst, wo du doch ein so gutes Bett hast...«

Der Saal war dunkel, warm von menschlicher Wärme, lebensvoll vom Leben Hunderter, die nebeneinander saßen und die einander dennoch nicht kannten. Über den Köpfen schwebte das langgezogene Dreieck fahlen Lichts, das aus dem Vorführraum drang und den Tabakrauch anzuziehen schien.

Hätte ihn jemand gefragt, was gespielt wurde... Unwichtig... Er schaute auf die Bilder, doch er versuchte nicht, einen Zusammenhang zwischen ihnen herzustellen... Dann senkte sich sein Blick, weil er neben sich eine schwache Bewegung wahrgenommen hatte...

Dieser tatkräftige Mann, der seit nahezu dreißig

Jahren in gewissem Sinn bis zum krankhaften Höhepunkt, das heißt bis zum Verbrechen übersteigerte Leidenschaften durchpflügte, war ein äußerst prüder Mensch, und er hüstelte nun aus Mißfallen am Verhalten seiner Nachbarin und ihres Begleiters, von dem er im Helldunkel nur die milchigweiße Hand sah. Dabei war ihm kurz zuvor, als er sich auf ihren Mantel gesetzt hatte, die Kleine noch sehr jung vorgekommen. Sie rührte sich nicht. Ihr Gesicht, ebenso weiß wie die Männerhand und wie das Stück Schenkel, das diese gerade bloßlegte, blieb auf die Leinwand gerichtet...

»Hmk!... Hmk!...« räusperte sich der Kommissar mehrmals; er fühlte sich unbehaglich.

Die beiden Verliebten kümmerten sich nicht darum. Sie dürfte etwa im gleichen Alter wie Nouchi gewesen sein...

Wenn er's recht bedachte, war Nouchi, als sie Gérard dabei beobachtet hatte, wie er um sieben Uhr abends das Gebäude in Bourg-la-Reine betrat... Aber hatte sie ihn auch wirklich gesehen?... Sie war mit einem Liebhaber zusammen, ebenfalls in der Dunkelheit, wahrscheinlich dicht an eine Hauswand gedrückt...

Neben ihm das leise Schmatzen eines Kusses... Ihm stieg ein Geschmack wie von fremdem Speichel in den Mund... Er verkroch sich noch tiefer in seinen Überzieher.

Nouchi hatte ihn vorhin in unverfrorener Weise herausgefordert... Wenn er gewollt hätte... Ob es viele Mädchen in diesem Alter gab, die sich reifen Männern derart an den Hals warfen, wenn sie bloß einige Berühmtheit oder auch nur ein gewisses Ansehen erlangt hatten?

»Wetten, daß ihr Begleiter viel älter ist als sie!« sagte er sich und meinte damit den Liebhaber seiner Sitznachbarin.

So überlegte er vor sich hin, ohne wirklich zu überlegen, in Bruchstücken, in Gedankenfetzen, die er erst gar nicht aneinanderzureihen versuchte.

Hatte die kleine Ungarin gelogen, als sie von Monsieur Charles sprach? Wahrscheinlich nicht. Dandurand war durchaus der Mann, der hinter seiner angelehnten Tür einem Küken auflauerte und ihm Pornofotos zeigte. Nouchi war ihrerseits dazu imstande, ihn mit aller Macht in Atem zu halten und dann notfalls um Hilfe zu schreien, wenn...

Was ihn verwirrte, war, daß sie behauptete, sie hätte Gérard Pardon abends um sieben ins Haus gehen sehen, also genau zu der Zeit, in der Madame Mit-Verlaub-gesagt, auf Stippvisite bei den Deséglises, ihre Treppe nicht überwachte.

»Wenn ihre Aussage erst einmal offiziell ist...«

Auf diese Weise würde die Aussage einer Göre ausreichen, um einen Mann hinter Schloß und Riegel zu bringen, und wer weiß...

Er rutschte unruhig hin und her. Das lag nicht allein an der Vorstellung, daß Gérard eines Tages das Tor des Zentralgefängnisses am Boulevard Arago ein letztes Mal im Morgengrauen passieren könnte... Er schaute immer noch auf die Leinwand... Er runzelte die Stirn... Seit einer Weile hatte er das Gefühl, daß etwas nicht stimmte, und plötzlich wußte er, was es war: die

Lippen der Darsteller bewegten sich zwar, aber nicht im Rhythmus der Sprache. In Wahrheit formten diese Lippen englische Wörter, während man französische Sätze dazu hörte. Es handelte sich um einen nachträglich synchronisierten Film.

Das Paar neben ihm benahm sich immer schlechter, aber die Gedanken des Kommissars waren schon woanders. Was war es eigentlich, was ihn seit drei Tagen lahmlegte? Das hatte er sich noch nicht klargemacht. Jetzt dämmerte es ihm. Diese Geschichte barg etwas in sich, woran er sich stieß. Ein von Grund auf falsches Element. Aber welches? Er konnte es noch nicht sagen.

Mit halb geschlossenen Augen sah er, klarer, als wenn er davorgestanden hätte, das Schichtkuchen-Haus an der Straße nach Orléans vor sich, den Fahrradhändler, das Lebensmittelgeschäft der Witwe Piéchaud. Genaugenommen wußte er seit dem vergangenen Abend, daß sie gar keine Witwe war. Ihr Mann war mit einem liederlichen Frauenzimmer davongelaufen, wie sie es ausdrückte, und sie schämte sich so sehr dafür, daß sie sich als Witwe ausgab.

Madame Mit-Verlaub-gesagt, in ihrer stickigen Conciergenloge, mit schiefem Kopf, den Thermoverband um den Hals gewickelt...

Weil sie keinem die Tür geöffnet hatte, der nicht dort wohnte, war daraus der voreilige Schluß gezogen worden, in dieser Nacht habe kein Fremder das Haus betreten oder verlassen.

Nun hatte sich aber herausgestellt, daß es abends um sieben möglich war hineinzugelangen, ohne von der Concierge gesehen zu werden. Was bewies denn, daß dies zu bestimmten anderen Tageszeiten nicht genauso war?

Ganz oben, dort hatte diese alte Schrulle von Juliette Boynet ein Geheimnis daraus gemacht, daß sie Charles Dandurand empfing, um mit ihm ihre, gelinde gesagt, unmoralische Geldanlage zu erörtern. Das war zwar nicht besonders anständig, doch es war menschlich. Maigret war im Laufe seiner Karriere anderen seltsamen Vögeln dieser Art begegnet.

Anderen Dandurands ebenfalls!

Was stimmte da nicht? Was war faul an der Sache?

Die Alte war erwürgt worden, wahrscheinlich als sie sich, kaum daß Dandurand fort war, gerade zu Bett begeben wollte. Sie hatte ja noch einen Strumpf an...

Mußte man davon ausgehen, daß es einen dritten Schlüssel gab und daß Monsieur Charles den besaß? Stand zu vermuten, daß er in die Wohnung zurückgekehrt war, um die Alte zu töten?

Er war allerdings selbst recht wohlhabend. Und Juliette brachte ihm lebend mehr ein als tot.

Einer seiner Freunde aus dem Milieu? Sie waren keine Anfänger, keine bleichgesichtigen kleinen Gauner, die zu allem bereit gewesen wären, sondern arrivierte Leute, die eigene Häuser unterhielten und keineswegs ihren Hals riskieren wollten.

Sie meinten es ehrlich, als sie versicherten, daß ihnen diese Geschichte unangenehm sei und ihnen eher schade.

Gérard Pardon?...

Maigret war nahe daran, laut zu schimpfen: »Jetzt beruhigt euch doch, zum Donnerwetter!«

Denn seine Nachbarn überschritten jedes Maß, ganz ungeniert, als befänden sie sich allein in dem riesigen dunklen Saal.

...Gérard, seit sieben Uhr abends im Zimmer seiner Schwester versteckt... Gérard, der, ohne sich blicken zu lassen, Zeuge der Unterredung von Juliette Boynet mit Monsieur Charles wurde, der vielleicht die gebündelten Banknoten sah und beschloß, ihrer habhaft zu werden, sobald seine Tante allein war.

Na schön! In diesem Fall müßte man annehmen, daß Gérard, nachdem er das Verbrechen begangen hatte, bis zum Morgen in der Wohnung geblieben war, da die Concierge ja niemandem die Tür geöffnet hatte.

Dann müßte man des weiteren annehmen, daß Cécile ihn anzeigen wollte, als sie am Quai des Orfèvres im Aquarium auf Maigret gewartet hatte...

Und man müßte schließlich auch annehmen, daß Gérard es war, mit dem sie bis zum Besenschrank mitgegangen war...

Aber woher sollte Gérard Pardon, der noch nie etwas mit der Polizei zu tun gehabt hatte, nicht nur diesen Besenschrank, sondern auch die Verbindungstür zwischen der Kriminalpolizei und dem Palais de Justice kennen?

Eine hastige Bewegung neben ihm, ein Rock, der hinuntergezogen wurde, das Wort »Ende« auf der Leinwand und im selben Moment, in dem alle Lampen aufflammten, allgemeines Füßestampfen.

Maigret, der wie jeder andere aufgestanden war und der Menge folgte, warf einen neugierigen Blick auf seine Nachbarin und entdeckte ein kleines, friedliches

Gesicht mit frischem Teint, runden Wangen und unschuldig lächelnden Augen. Er hatte sich nicht getäuscht: ihr Begleiter war an die vierzig Jahre alt und trug einen Ehering.

Vom langen Sitzen noch ganz steif, fand sich der Kommissar im lärmenden Gewimmel des Boulevard Montparnasse wieder. Es dürfte etwa sechs Uhr gewesen sein. Die Nacht war schon hereingebrochen. Dunkle Gestalten eilten an den erleuchteten Schaufenstern vorüber. Er hatte Durst, betrat das ›Coupole‹, setzte sich in die Nähe des Fensters und bestellte ein Bier.

Eine gewisse Trägheit war über ihn gekommen. Er zögerte den Augenblick hinaus, an dem er wieder in die nackte Wirklichkeit zurückkehren mußte. Eigentlich hätte er auf schnellstem Weg zum Quai des Orfèvres eilen müssen, wo Lucas sich mit seinem Polen herumschlug.

Statt dessen bestellte er ein Schinkensandwich, und sein Blick schweifte weiterhin ziellos über die vielen Leute, die vorübergingen. Vorhin hatte er einige Minuten, vielleicht eine Viertelstunde lang gebraucht, um sich klarzumachen, was ihn an dem Film störte: daß die Mundbewegungen der Darsteller mit dem gespielten Ton nicht gleichliefen.

Wie lange würde es wohl dauern, bis er dahinterkam, was im Fall von Bourg-la-Reine nicht zusammenpaßte? Das Sandwich schmeckte köstlich. Das Bier war gut, und er bestellte noch ein Glas.

Im Laufe jeder oder nahezu jeder aufsehenerregenden Untersuchung gab es mindestens einen Journalisten, der einen gewissermaßen Tradition gewordenen Artikel veröffentlichte: *Die Methoden des Kommissars Maigret.*

Soll er nur kommen, dieser Journalist!... Maigret ging ins Kino... Er aß... Er trank Bier... Hinter der beschlagenen Scheibe des ›Coupole‹ erweckte er den Eindruck eines behäbigen, spießigen Provinzlers, der vom Treiben in Paris tief beeindruckt war.

Ehrlich gesagt, dachte er an gar nichts... Er befand sich am Boulevard Montparnasse und doch wieder nicht, denn er nahm überallhin das Schichtkuchen-Haus mit... Er ging hinein... Er ging hinaus... Er belauerte Madame Mit-Verlaub-gesagt in ihrem Bau... Er stieg die Treppe hinauf und wieder hinunter...

Die alte Rentnerin mit den gefärbten Haaren war erwürgt worden... Erstes Faktum. Ihr Geld und ihre Papiere waren verschwunden... Zweites Faktum...

Achthunderttausend Francs...

Genaugenommen... Achthunderttausend Francs in Tausend-Francs-Scheinen... Er versuchte, sich den Stapel vorzustellen, den das ergab...

Cécile, die ab acht Uhr früh im Aquarium am Quai des Orfèvres saß...

Seltsam, es fiel ihm bereits schwer, sich ihr immerhin vertrautes und ausdrucksvolles Gesicht zu vergegenwärtigen... Er rief sich den schwarzen Mantel in Erinnerung, dann den grünen Hut und diese übergroße, komische Tasche auf ihren Knien, die wie ein Schulranzen aussah und die sie immer mit sich herumschleppte...

Doch Cécile war ebenfalls ermordet worden, und die Tasche war verschwunden...

Maigret saß da, hielt sein Bierglas in der Schwebe, ohne überhaupt zu wissen, was er vor sich hatte. Wer auch immer ihn in diesem Moment angesprochen hätte, er hätte ihn von weither zurückgeholt.

Was stimmte daran nicht...

Er durfte nicht zu schnell vorgehen. Er durfte die Wahrheit nicht aufjagen, weil sonst die Gefahr bestand, daß sie ihm erneut entglitt...

Cécile... Die Tasche... Der Besenschrank...

Die erwürgte Tante...

Weil die schielende junge Frau ebenfalls erwürgt worden war, hatte man daraus geschlossen – hatte Maigret selbst daraus geschlossen –, daß die beiden Verbrechen...

Er stieß einen Seufzer der Erleichterung aus und trank einen großen Schluck des schäumenden Biers.

Der Fehler, den er weiß Gott begangen hatte und dem er es zuschreiben mußte, daß er sich wie ein blindes Schulpferd im Kreis gedreht hatte, lag darin, daß er einen einzigen Mörder gesucht hatte.

Warum nicht zwei?... Warum mußte man a priori annehmen, daß die beiden Verbrechen von ein und derselben Person verübt worden waren?

»*Intran*, sechste Ausgabe... Verlangen Sie die neueste Ausgabe des *Intran*...«

Er griff nach der Zeitung. Ein Foto prangte auf der ersten Seite, bei dessen Anblick er die Stirn runzelte: es zeigte ihn, dicker als er sich selbst sah, dicker als er sich selbst einschätzte, die Pfeife verbissen zwischen die

Kiefer geklemmt und eine Hand auf der Schulter eines jungen Mannes in einem Trenchcoat, der niemand anderes war als Gérard. Er erinnerte sich nicht daran, daß er Céciles Bruder die Hand auf die Schulter gelegt hatte. Vermutlich hatte er es unbewußt getan.

Der Journalist hatte daraus seine Schlüsse gezogen. Denn der Bildtext lautete:

Purer Zufall? Hat es nicht den Anschein, als ließe Kommissar Maigret seine schwere Pranke auf die zitternde Schulter eines Schuldigen niedergehen?

»Idiot!... Garçon!... Was kriegen Sie?...«

Er war wütend und befriedigt zugleich. Als er das ›Coupole‹ verließ, glich sein Schritt nicht mehr dem, mit dem er es nach dem Kino betreten hatte. Taxi! Was soll's, dann gab es eben Ärger mit dem Kassierer, der immer behauptete, die Metro sei das schnellste Gefährt, um von einem Punkt zu einem anderen zu gelangen!

Zehn Minuten später tauchte er in die »Aura des Hauses« ein, stieß die Tür zu seinem Büro auf. Der Pole saß unbequem auf der vordersten Kante eines Stuhls, während Lucas im Sessel des Kommissars Platz genommen hatte. Ein kurzer Wink mit den Augen. Lucas folgte dem Chef ins Inspektorenzimmer.

»Jetzt verhören wir ihn schon seit zehn Stunden, Janvier und ich... Er bleibt standhaft... Ich hab aber den Eindruck, er fängt an mürbe zu werden... Wenn ich mich nicht sehr irre, wird es in den frühen Morgenstunden soweit sein...«

Er war nicht der erste, den sie mit einem solchen Dauerverhör unter Druck setzten!

»Wenn Sie vielleicht so um zwei oder drei Uhr herkommen und ihm den letzten Schubs geben könnten...«

»Keine Zeit...«, knurrte Maigret.

Die Büros entvölkerten sich zusehends. Auf dem langen, staubigen Flur würde bald nur noch eine Lampe brennen, und ein einzelner Mann nur würde noch die Telefonzentrale überwachen. In Maigrets Büro dürfte der Pole indes weiterhin dem hartnäckigen Lucas gegenübersitzen, den Janvier hin und wieder ablösen würde, damit er in der ›Brasserie Dauphine‹ mal ein Bier trinken und einen Happen essen konnte.

»Hat jemand für mich angerufen?«

»Ein gewisser Dandurand...«

»Hat er etwas hinterlassen?«

»Daß er in seiner Wohnung bleibt... Er hat angeblich eine interessante Neuigkeit für Sie...«

»War jemand da?«

»Das weiß ich nicht... Da müßten Sie beim Bürodiener nachfragen...«

»Ein junger Mann in einem Regenmantel mit einem Trauerflor... Er war sehr aufgeregt... Er hat mich gefragt, wann Sie zurückkommen... Ich hab ihm gesagt, daß ich das nicht weiß... Dann hat er sich nach Ihrer Privatadresse erkundigt, aber die hab ich ihm nicht gegeben...«

»Gérard Pardon?«

»Irgend so ein Name war's... Er wollte keinen Besucherschein ausfüllen...«

»Wie lange ist das her?«

»Ungefähr eine halbe Stunde...«

»Er hatte sicher eine Zeitung in der Hand oder in der Tasche«, bemerkte der Kommissar zur großen Überraschung des Bürodieners.

»Das stimmt... Den *Intran*... Er hielt ihn in der Hand, ganz zerfleddert...«

Maigret ging erneut ins Inspektorenbüro.

»Wer ist hier gerade frei?... Torrence...«

»Ich soll nach Bourg-la-Reine fahren, Chef...«

»Das ist nicht nötig... Du gehst jetzt auf schnellstem Weg in die Rue du Pas-de-la-Mule... Nummer 22... Kennst du den jungen Mann?...«

»Den Bruder von Cécile, ja... Ich hab ihn in Bourg-la-Reine ges...«

»Gut so!... Du klingelst bei ihm... Ich will nur hoffen, daß er schon zu Hause ist... Wenn ja, dann find eine Möglichkeit, ihn nicht aus den Augen zu lassen... Er darf keine Dummheit machen, verstehst du?... Sei nett zu ihm... Jag ihm keine Angst ein, ganz im Gegenteil...«

»Und wenn er noch nicht zurück ist?«

Maigrets Miene verfinsterte sich. Ohnmächtiges Achselzucken.

»Wenn er nicht zurück ist... Meine Güte, dann können wir nur noch auf einen Anruf von der Flußbrigade warten, falls es ihm nicht gelungen ist, sich einen Revolver zu besorgen... Moment noch... Ruf mich auf jeden Fall an, bei... Wart mal! Wer kann in dem Haus Telefon haben?... Dandurand, zweifellos!... Ruf mich bei Charles Dandurand an... Die Nummer findest du sicher im Telefonbuch... Guten Abend, mein Lieber...«

Er kehrte kurz in sein Büro zurück, nur so lange, wie er brauchte, um den Polen langsam von Kopf bis Fuß zu mustern, als wollte er dessen moralische Temperatur messen, und im Hinausgehen zwinkerte er noch einmal Lucas zu, der sein Verhör wiederaufnahm. Dieses Zwinkern besagte: »Er ist reif!«

Ein Taxi brachte ihn zur Straße nach Orléans, und er stieg vor dem Haus aus, das ihm allmählich vertraut war. Wer hielt eigentlich Wache? Er sah sich um. Da löste sich eine Gestalt aus dem Schatten.

»Hier bin ich, Chef...«

Verduret, ein neuer, freundlicher junger Mann, der vom Chef so schrecklich beeindruckt war, daß er zu stottern begann, wenn er mit ihm sprach.

»Gibt's was Neues?«

»Der Mieter aus dem vierten Stock, Monsieur Charles, ist um sechs Uhr mit der Straßenbahn nach Hause gekommen. Jemand hat ihn im Korridor erwartet... Ein kleiner Dicker in einem grauen Mantel mit Halbgürtel, er hatte eine Aktentasche unterm Arm...«

Einen Augenblick lang dachte Maigret nach, dann erinnerte er sich. Das war sicher Monfils' Anwalt, Maître Leloup.

»Ist er lange geblieben?«

»Eine halbe Stunde... Der Ungar ist gegen fünf Uhr weggegangen, und seither hab ich ihn nicht mehr gesehen... Was seine Tochter betrifft...«

Der junge Inspektor deutete auf zwei Schemen am

Zaun des unbebauten Grundstücks, die ineinander verschwammen.

»Das geht jetzt schon eine Dreiviertelstunde so...«, sagte er seufzend. »Sie rühren sich nicht vom Fleck...«

Maigret errötete unmerklich und begab sich in das Gebäude hinein. Er grüßte im Vorübergehen Madame Benoit, die vor einem Teller Suppe saß, und stieg dann schwerfällig vier Stockwerke hinauf. Er mußte seinen Schritt erkannt haben, denn Monsieur Charles öffnete ihm die Tür, noch ehe der Kommissar geklingelt hatte.

»Ich habe Sie bereits erwartet... Kommen Sie doch bitte herein... Nach dem Gespräch, das Sie heute morgen mit meinen Freunden geführt haben...«

Der Kommissar konnte sich wahrhaftig nicht an diesen ranzigen, für einen alten Junggesellen typischen Geruch gewöhnen. Gegen die Atmosphäre, die bei Dandurand herrschte, empfand er einen gleichermaßen physischen wie moralischen Widerwillen, und er blies große, dicke Rauchwolken in die Luft.

»Was wollte Maître Leloup hier?«

»Das wissen Sie schon?... Er hat mir einen Prozeß wegen Erbschleicherei angedroht... Er ist überzeugt davon, daß Juliette ein Testament verfaßt hat... Dabei stützt er sich auf Briefe, die sie alljährlich ihrem Vetter Monfils zu Neujahr geschickt hat... Sie sollten ihn danach fragen... Darin nennt sie ihren Neffen und ihre Nichten verworfen und Parasiten... Sie behauptet, sie seien undankbar, und nach allem, was sie im Gedenken an ihre Schwester für sie getan hat, seien sie nur hinter ihrem Geld her... *Sie werden schön dumm dastehen*, schreibt sie, *genauso wie die Boynets und die*

Machepieds, wenn sie erfahren, daß ich alles, was ich habe, Euch vermache ...«

»Hat sich Maître Leloup damit begnügt zu drohen?«

Ein eisiges Lächeln verzog die Lippen des aschfahlen Monsieur Charles.

»Er hat mir einen, wie er es nennt, großzügigen und ehrenhaften Vorschlag unterbreitet...«

»Halbe-halbe?«

»So ungefähr... Das wäre beachtlich, wenn es ein Testament gäbe...«

Monsieur Dandurand knackte mit den Fingern.

»Nur, diese Leute kannten Juliette nicht... Genaugenommen, war ich der einzige, der sie so sah, wie sie war... Sie hatte solche Angst vorm Tod, davor, sich eines Tages von ihrem Geld trennen zu müssen, daß sie nahe daran war zu glauben, sie würde nie sterben... Auf jeden Fall noch sehr lange nicht... Sie hat oft zu mir gesagt: ›Wenn ich einmal alt bin...‹«

Der widerliche Kerl log nicht, Maigret spürte es. Er hatte von Juliette nur einen Leichnam mit schlecht gefärbten Haaren gesehen, aber sein Eindruck entsprach genau dem, was Monsieur Charles ihm erzählte.

»So daß...«

»Ich habe Maître Leloup hinausgeworfen... Übrigens habe ich Sie nicht deshalb angerufen... Mir ist klar, daß ich mich in einer heiklen Situation befinde, und ich bin mir durchaus dessen bewußt, daß meine größte Chance darin liegt, daß Sie den Mörder finden...«

»Oder *die* Mörder«, brummte Maigret vor sich hin, wobei er eingehend ein Aquarell betrachtete, das an der Wand hing.

»Oder die... Wie Sie meinen!... In der Tat beweist nichts, daß es nicht mehrere waren...«

»Immerhin gibt es zwei Leichen, also auch zwei Verbrechen...«

Und Maigret zündete sich in aller Ruhe eine neue Pfeife an.

»Das ist eine Theorie... Wie gesagt, nachdem Sie gegangen waren, da fiel mir ein...«

Er griff nach einem in Wachstuch eingeschlagenen Notizbuch, das auf der Ecke des Schreibtischs lag.

»Ich war nicht so viele Jahre lang Jurist, ohne dabei gewisse Berufsgewohnheiten anzunehmen... Jedesmal wenn ich Juliette die Erträge aus ihren Anlagen brachte, habe ich mir vorher die Mühe gemacht, die Nummern der Scheine zu notieren... Das mag lächerlich sein, aber in diesem Fall könnte es Ihnen gute Dienste leisten...«

Das Buch war voller Zahlen.

»Sie dürfen nicht vergessen, ich habe ja den ganzen Tag nichts zu tun...«

Maigret konnte sich wirklich sehr gut vorstellen, wie er in seinem nach zerquetschten Wanzen stinkenden Büro saß und mit dumpfer Befriedigung Zahlenkolonnen abschrieb. Die Scheine gehörten ihm nicht, na schön! Er war trotzdem begierig darauf, sie anzufassen, ihre Nummern abzulesen, sie bündelweise zusammenzustecken, die Bündel zu ordnen und Gummiringe darüberzustreifen.

»Jedenfalls steht fest«, sagte er schließlich, während er dem Kommissar das Notizbuch reichte, »falls Sie die von diesen Herren ausgesetzte Belohnung einstreichen, dann habe ich nach besten Kräften dazu beigetragen ...«

Draußen war Nouchi zu hören, die gerade nach Hause kam, die Treppe hinauflief, wobei sie drei Stufen auf einmal nahm und vor Dandurands Tür einen Augenblick stehenblieb. Ob sie sich ebenso unanständig aufgeführt hatte wie das mollige Mädchen im Kino?

Was konnte das dem Kommissar schon ausmachen? Inwiefern sollte das Tun und Treiben dieses Kükens ...

»Nun! Um Sie nicht zu verpassen, bin ich heute abend nicht in mein übliches Restaurant gegangen, sondern habe mich mit einem kalten Kotelett begnügt... Haben Sie schon gegessen?... Darf ich Ihnen einen Schluck zu trinken anbieten?...«

»Nein, ganz bestimmt *nicht*...«

»Eines Tages werden Sie erkennen, daß ich mein möglichstes getan habe und... Na gut!... Wie Sie meinen ...«

Als Maigret die Tür öffnete, ohne auch nur anzukündigen, daß er gehen würde, drangen ein paar Klavierklänge herein; wahrscheinlich entschädigte sich das alte Fräulein Paucot auf diese Weise für die Tonleitern ihrer Schüler.

4

Eines Tages hatte Madame Maigret nach einem träumerischen Blick auf ihren Mann plötzlich geseufzt und mit beinahe komischer Treuherzigkeit bemerkt:

»Ich frage mich, wieso du in deinem Leben nicht mehr Ohrfeigen eingefangen hast...«

Das kam aus tiefstem Herzen. Es gab in der Tat Momente, in denen Maigret selbst ihr gegenüber unglaubliche Taktlosigkeit an den Tag legte, und seine Frau war wahrscheinlich die einzige, die wußte, daß er es nicht einmal merkte. Das zeigte sich nicht etwa in einem ironischen Lächeln oder in einem Funken Spott in seinen Augen. Das zeigte sich eigentlich in nichts und doch in allem. Man hatte einen Klotz vor sich, den man nicht zu fassen bekam und der, während man mit ihm sprach und unruhig wurde, unbeirrt sein Eigenleben weiterführte. Hörte der Kommissar einem überhaupt zu? Sah er einen überhaupt, oder schaute er über einen hinweg die Wand an? Plötzlich, mitten im Satz, ja mitten im Wort, unterbrach er einen, und das, was er sagte, stand mit dem, wovon man selbst gerade redete, in keinerlei Zusammenhang.

So verharrte Maigret zum Beispiel reglos, während Charles Dandurand noch sprach und die geöffnete Tür die Klavierakkorde hereinströmen ließ, als ob er der

Musik lauschte. Seit wann folgte er der Unterhaltung nicht mehr? Welchen Weg hatten seine Gedanken in diesen kurzen Augenblicken eingeschlagen? Plötzlich sagte er:

»Sie haben doch sicher Telefon?«

»Ja... Natürlich...«

War er sich dessen bewußt, daß Dandurand vor ihm stand und darauf wartete, daß er seine Tür wieder schließen konnte? Wie zu sich selbst murmelte er:

»Ich frage mich...«

Er tat es nicht absichtlich, und dennoch hatte ein solches Verhalten auch schon andere als den ehemaligen Anwalt aus der Fassung gebracht. Was wollte er? Was hatte er Neues ersonnen? War es etwas Wichtiges oder etwas Belangloses? Es war unmöglich, das zu erraten, wenn man ihn die buschigen Augenbrauen hochziehen und den Kopf hin und her wiegen sah. Schließlich murrte er:

»Hören Sie! Ich hab vergessen, Ihnen zu sagen... Ich hab Ihre Adresse angegeben, für den Fall daß man mich telefonisch erreichen muß... Inzwischen bitte ich Sie, mit mir hinaufzugehen... Wir hören oben sicher, wenn es klingelt...«

»Gestatten Sie, daß ich meinen Schlüssel mitnehme?«

Auf dem Treppenabsatz des fünften Stockwerks hielt der Kommissar inne.

»Es war kurz nach Mitternacht, haben Sie mir erklärt. Waren Sie in Pantoffeln?«

Er schaute auf Monsieur Charles' Füße, die in Pantoffeln aus braunem Ziegenleder steckten.

»Wahrscheinlich haben Sie für gewöhnlich nicht geklingelt?«

»Juliette wartete hinter der Tür... Ich brauchte nicht einmal zu klopfen...«

»Gut!... Gehen wir hinein... War die Diele erleuchtet?«

»Nein... Das Licht kam aus dem Salon, dessen Tür halb offenstand...«

»Einen Moment... Ich mache im Salon Licht...«

»Nicht diese Lampe, Herr Kommissar... Nur die kleine Lampe aus falschem Alabaster auf dem kleinen runden Tisch...«

Monsieur Charles ärgerte sich, gab aber vor, sich ohne die leiseste Spur von Besorgnis auf das Spiel einzulassen. Seine Haltung deutete an: »Wie Sie sehen, beeindruckt mich Ihr Getue nicht. Ich habe nichts zu befürchten, nichts zu verbergen. Im Gegenteil! Ich versuche, wie Sie, nur die Wahrheit herauszufinden. Wenn Sie eine peinlich genaue Rekonstruktion wünschen, bitte sehr, Sie sollen sie haben...«

Und laut sagte er:

»Ich mache Sie darauf aufmerksam, daß ich denselben Anzug wie heute anhatte, aber dazu einen weißen Schal trug...

In der Hand... nein... in der rechten Innentasche meiner Jacke hatte ich einen Umschlag stecken, er enthielt...«

»Später... Wenn Sie nichts dagegen haben, bringen wir zunächst diesen Raum wieder in Ordnung... Sie kennen sicher den Standort jedes Möbelstücks, jeder Nippfigur...«

Der eine gab sich so ernst wie der andere, und übertrieben devot rückte Monsieur Charles mit verbissener Pedanterie jeden Sessel genau an seinen Platz und trat ein paar Schritt zurück, um sein Werk besser begutachten zu können.

»So! Jetzt kommt es ungefähr hin ...«

»Eine Frage ... Um an die Tür zu gehen, hatte Madame Boynet doch ihren Stock zur Hand?«

»Es wäre ihr schwergefallen, sich ohne ihren Stock fortzubewegen ...«

»Können Sie mir sagen, wie sie angezogen war?«

»Das ist einfach. Über ihrer Nachtwäsche trug sie einen Morgenrock aus rotem Flanell. Ihre Strümpfe, das ist mir aufgefallen, die warfen über den Knöcheln Falten.«

»Ihre beiden Strümpfe?«

»Die beiden, ja! ... Sie pflegte zwei Strümpfe zu tragen, falls Sie das wissen wollen ... Hausschuhe mit Filzsohlen ... Juliette war überhaupt nicht eitel ... Ich glaube sogar, sie empfand eine gewisse Genugtuung dabei, sich so unvorteilhaft wie möglich zu präsentieren und, wenigstens in jener Nacht, mit ungekämmtem Haar, Fettcreme im Gesicht, geschwollenen Augen.«

»Sie haben sonst kein Licht in der Wohnung bemerkt, und Sie versichern, daß Sie diesen Raum nicht verlassen haben?«

»Das versichere ich ...«

»Wo saß Madame Boynet?«

»Vor ihrem Sekretär, den sie aufgeschlossen hatte. Ihr war ja klar, daß ich gekommen war, um mit ihr abzurechnen.«

»Moment mal... Wo hat sie den Schlüssel hergeholt, um dieses Möbel aufzuschließen?«

Diesmal geriet der Jurist ein wenig ins Stocken.

»Ich... Wenn ich's recht bedenke, erinnere ich mich nicht daran... Ich meine, sie hatte den Schlüssel in der Tasche ihres Morgenrocks...«

»Sagen Sie, Monsieur Dandurand... Wenn sie den Sekretär aufschloß, als Sie mit ihr abrechnen wollten, dann heißt das doch, daß sie dort ihre Geschäftspapiere aufbewahrte...«

»Selbstverständlich...«

Monsieur Charles, der noch ernster wurde, überlegte.

»Sie haben recht... Ich gebe zu, daß ich daran nicht gedacht habe...«

»Worüber haben Sie sich während der ganzen Zeit unterhalten?«

»Wir sprachen nie viel... Ich habe ihr wohl erzählt, daß ich befürchtete, mich in der Stadt erkältet zu haben, was auch meinen Schal erklärte... Ich habe ihr auch angekündigt, daß ich wahrscheinlich nach Béziers würde fahren müssen...«

Maigret stellte ihm, nachdem er sich im Raum umgesehen hatte, eine noch überraschendere Frage:

»Gingen eigentlich alle Uhren?«

Mittlerweile waren einige stehengeblieben, und der Kommissar zog sie mechanisch auf. Sie zeigten nun unterschiedliche Zeiten an.

»Darauf habe ich nicht geachtet...«

Welche Bedeutung konnte das schon haben?

»Fällt Ihnen auf, Monsieur Dandurand, daß wir

hier, obwohl drei Stockwerke dazwischenliegen, das Klavier von Mademoiselle Paucot beinahe ebenso deutlich hören wie bei Ihnen?... Das Haus ist hellhörig... Das beruhigt mich, dann können wir es wenigstens nicht überhören, falls ich angerufen werde... Machen wir weiter... Saßen Sie auf demselben Platz wie heute?... Jetzt zu Ihrem Umschlag, er enthielt...«

»Zweiundfünfzigtausend Francs... Die Gewinne von drei Monaten aus dem Haus in der Rue d'Antin...«

»Hat sie die Scheine gezählt?«

»Sie zählte sie immer...«

»Wußte sie, daß Sie die Nummern notierten?«

»Ich habe es ihr nie gesagt... Während sie je zehn der Tausend-Franc-Scheine mit Nadeln zusammensteckte, habe ich sie darauf aufmerksam gemacht, daß Béziers seit einigen Wochen unsere Briefe nicht beantwortete... Die Person, die wir dort eingesetzt hatten und die...«

Er schaute Maigret an und war davon überzeugt, daß dieser ihm nicht zuhörte. Er hatte sogar den Eindruck, daß der Kommissar ganz offensichtlich dem, was er ihm da berichtete, keinerlei Bedeutung beimaß. Er rauchte seine Pfeife, betrachtete die Familienporträts, besonders das der drei Kinder, und dann ein Foto, das einzige dieser Art, das es in der Wohnung gab, das Foto einer stattlichen jungen Frau um die Dreißig mit herausforderndem Blick und einem aufreizenden Busen, einer wahrlich schönen Frau, die niemand anderes war als Juliette.

»Reden Sie weiter, Monsieur Dandurand...«

»Die Kontrolle ist bei solchen Geschäften immer schwierig, wenn nicht gar unmöglich, und wie ich Ihnen schon sagte, können wir uns im Falle von Unregelmäßigkeiten nicht an die Justiz wenden... Was auch erklärt, warum...«

Maigret hatte die Tür zum Eßzimmer geöffnet und wieder geschlossen.

»Reden Sie nur weiter... Kümmern Sie sich nicht um mich...«

Diesmal verließ er ungeniert den Salon, indes Dandurand lustlos in seiner Erzählung fortfuhr.

»Ich habe ihr angeboten, mich persönlich nach Béziers zu begeben, um mich selbst bei den Bewohnerinnen des Hauses umzuhören, was die einzige Methode ist, die durchschnittlichen Einnahmen festzustellen, die...«

»Reden Sie weiter!« forderte ihn die Stimme des Kommissars hartnäckig aus der Ferne auf.

»Wie Sie wollen... Ich entsinne mich, daß ich sie darauf hingewiesen habe, daß die schlechte Witterung allein keine ausreichende Erklärung für ein derartiges Absinken der Einnahmen sei, die sich im vergangenen Monat um ein Drittel verringert haben, und...«

Schließlich tauchte der Kommissar wieder im Türrahmen auf und betrachtete Monsieur Charles erstaunt. Man hätte meinen können, er frage sich: »Was macht denn der da? Warum redet er ganz allein vor sich hin?«

»Sagen Sie mal... Sie haben natürlich, während Sie sich so unterhielten, kein Geräusch in der Wohnung vernommen? Sprachen Sie so laut wie heute?«

»Sehr leise... Juliette hatte immer Angst, ihre Nichte aufzuwecken, trotz des Bromsalzes... Sie nahm sich auch vor den Ungarn nebenan in acht, deren gellende Stimmen und Streitereien sie den ganzen Tag über hörte... Seit Monaten versuchte sie schon, sie loszuwerden, aber sie klammerten sich mit allen Mitteln fest...«

»Was hat sie mit den zweiundfünfzigtausend Francs gemacht?«

»Sie hatte sie in der Hand, als sie mich hinausbegleitete...«

»Im Umschlag?«

»Ich glaube, sie hatte die Scheine wieder in den Umschlag gesteckt, ja...«

»War's ein gewöhnlicher Umschlag?«

»Ein Briefumschlag, den ich von meinem Schreibtisch genommen habe... Warten Sie... Er war gelb... Was hab ich an dem Tag für Post bekommen? Ja!... Ich bin fast sicher, daß es ein Umschlag vom Crédit Lyonnais war, der meine auf einer Schreibmaschine getippte Adresse trug...«

»Sie haben diesen Umschlag nie wiedergesehen?«

»Nie...«

Er konnte sich einen spöttischen Unterton in seiner Stimme nicht verkneifen. Glaubte Maigret, ihn mit diesem Geschwätz zu verunsichern oder zu beeindrukken?

»Gestatten Sie, daß ich rauche, Herr Kommissar?«

»Wenn Sie Ihre Freundin Juliette besuchten, da haben Sie doch auch manchmal geraucht?«

»Oft...«

»Was rauchten Sie denn da?«

»Ich stelle fest, daß Sie besser im Bilde sind, als ich dachte, und wenn ich kein reines Gewissen hätte... Wie kommen Sie nur darauf?... Sie sind doch Juliette zu ihren Lebzeiten nie begegnet, nicht wahr?«

Diesmal war ihm anzumerken, daß er, wenn auch nicht angsterfüllt, so doch beunruhigt war.

»Also... Es gibt keinen Aschenbecher im Raum... Ich bin sicher, daß ich nie Zigarettenkippen liegengelassen habe... Was die Asche betraf...«

Er lachte nervös.

»Ich muß gestehen, ich blicke nicht mehr durch, Herr Kommissar. Wenn ich Ihnen jetzt etwas verrate, werden Sie meine Verwunderung begreifen. Eines Tages, es ist schon sehr lange her, da bin ich mit meiner Pfeife hier hereingekommen, und Juliette, die so ihre eigenen Vorstellungen hatte, hat mir erklärt, sie dulde nicht, daß man in Gegenwart einer Frau Pfeife raucht... In manchen Nächten haben wir allerdings stundenlang gearbeitet... Deshalb brachte ich Zigaretten mit... Um keine Asche zu verstreuen, legte ich irgendein Papier auf diese Ecke des Schreibtischs, ein Papier, das ich als Aschenbecher benutzte und beim Weggehen mitnahm...«

Maigret betrachtete ihn unverwandt mit dem gleichen, unpersönlichen Blick.

»Daß Sie das gewußt haben, ist wirklich erstaunlich... Es sei denn...«

»Es sei denn?...« wiederholte der Kommissar.

»Jemand hätte sich in der Wohnung versteckt und unser Tun und Treiben beobachtet... Dann müßte dieser Jemand aber auch irgendwie mit Ihnen in Verbindung gewesen sein und es Ihnen erzählt haben...«

»Das spielt doch keine Rolle, oder? Als Juliette Boynet Sie wieder hinausbrachte, da hatte sie die zweiundfünfzig Scheine in der Hand... Und der Umschlag, in dem nahmen Sie die Zigarettenstummel und die Asche mit... Juliette hat doch die Tür zugeschlossen.«

»Und sie hat den Riegel vorgeschoben...«

»Sie sind direkt in Ihre Wohnung zurückgekehrt? Sie haben niemanden getroffen? Sie haben nichts gehört? Sie wissen auch nicht, ob Ihre alte Freundin sogleich zu Bett gegangen ist?«

»Nein, das weiß ich nicht...«

Sie spitzten die Ohren. Klar und deutlich hörten sie anhaltendes Klingeln, und Maigret brummelte, während er weglief:

»Erlauben Sie?... Das wird der Anruf sein, den ich erwarte...«

Die Tür des Appartements im vierten Stock war offen, die Lichter brannten. Das Telefon stand auf dem Schreibtisch.

»Hallo!... Torrence?...«

»Sind Sie es, Chef?... Ich bin immer noch in der Rue du Pas-de-la-Mule...«

»Gérard?«

»Ich hab ihn nicht angetroffen... Hören Sie... Es ist recht kompliziert... Ich habe Bedenken, Ihnen das alles am Telefon zu erzählen...«

»Moment mal!...«

Der Inspektor dürfte sich gewundert haben, warum

er schweigen sollte. Doch Maigret hatte soeben Schritte vernommen, direkt über seinem Kopf. Seiner Rechnung nach kamen sie aus Juliette Boynets Schlafzimmer. Das Geräusch war ganz einwandfrei zu verfolgen. Monsieur Charles mochte in Pantoffeln und noch so vorsichtig sein, Maigret entging nichts von seinem Hin und Her.

Folglich stand fest, daß der ehemalige Anwalt in seiner Wohnung alles hörte, was in dem Appartement im fünften Stock geschah.

»Hallo!... Sind Sie noch da, Chef?«

»Sei still...«

»Soll ich am Apparat bleiben?«

»Ich hab gesagt, du sollst still sein...«

Urplötzlich rannte er los und ließ den Hörer auf dem Schreibtisch liegen. Als er Madame Boynets Wohnung erreichte, war Monsieur Charles bereits auf der Türschwelle, äußerlich ruhig, aber mit verdrossener Miene.

»Haben Sie Ihr Gespräch bekommen?«

»Ich bin noch nicht fertig... Würden Sie bitte hinuntergehen...«

»Entschuldigen Sie... Ich wollte nicht indiskret sein...«

Maigret hatte das Gefühl, mittlerweile Ärger, vielleicht sogar Angst in den Augen des unerschütterlichen alten Mannes zu erkennen.

»Ich folge Ihnen, Herr Kommissar... Wenn ich gewußt hätte, daß...«

»Nach Ihnen bitte!«

»Wohin gehen wir?«

»In Ihr Büro... Schließen Sie die Tür... Bleiben Sie stehen... Würde es Ihnen etwas ausmachen, die Hände auf den Tisch zu legen?...«

Er hatte wieder nach dem Telefonhörer gegriffen.

»Erzähl mal!...«

»Ah!... Ich dachte schon, die Leitung sei unterbrochen... Nun, Chef... Als ich ankam, hab ich mich bei der Concierge erkundigt und erfahren, daß Gérard Pardon noch nicht zu Hause war, aber daß seine Frau da war... Ich hab mich knapp drei Meter von der Tür entfernt auf die Lauer gelegt... Es hat zu regnen angefangen...«

»Macht nichts...«

»Ich bin durchgeweicht... Na ja!... Ich hab mich nicht einmal getraut, ins Café an der Ecke zu gehen, um etwas zu trinken... Es dauerte Stunden... Vor ein paar Minuten, eine Viertelstunde höchstens, traf eine junge Frau in einem Taxi ein... Sie schien verängstigt zu sein... An ihrem roten Hut hab ich erkannt, daß es die Schwester von Gérard war, Mademoiselle Berthe, die Sie mir gezeigt haben...«

»Und dann?«

Er ahnte wohl kaum, daß ihm der Kommissar, während er diesen Bericht abstattete, nur mit halbem Ohr zuhörte und dabei Monsieur Charles von Kopf bis Fuß musterte. Der ehemalige Jurist hielt seine beiden Hände übertrieben linkisch flach auf dem Schreibtisch.

Was mochte er da oben nur gemacht haben? Es war das erste Mal seit Juliettes Tod, daß er sich allein in ihrem Appartement aufgehalten hatte.

»Ich hatte ja keine Anweisungen... Das Mädchen ging hinauf... Nach ein paar Minuten hab ich mir gedacht, sie könnte vielleicht eine schlechte Nachricht gebracht haben, deshalb bin ich ebenfalls hinaufgegangen... Ich habe geklopft... Sie hat mir aufgemacht... Es gibt keine Diele dort... Madame Pardon saß schluchzend in der Küche, schaute mich mit verstörtem Blick an und schrie:

Ist er tot?...«

Maigrets Gesicht mußte große Bestürzung widerspiegeln, denn Monsieur Charles runzelte die Stirn.

»Und dann?«

»Ich war ziemlich verlegen, das können Sie mir glauben, Chef... Dann hab ich die Schwester gefragt, warum sie gekommen ist... Sie hat mir erklärt, daß wir Rohlinge seien und daß es unsere Schuld sei, wenn ihrem Bruder etwas zustoßen sollte... Die eine weinte... Die andere schimpfte... Und ich konnte nichts Vernünftiges aus ihnen herauskriegen!...

Mit viel Geduld habe ich schließlich aus ihr herausbekommen, daß Gérard bei seiner Schwester war... Er war wie von Sinnen... Er wollte auf der Stelle Geld von ihr haben...

Sie hat ihn zu beruhigen versucht und wollte wissen, was er mit diesem Geld vorhatte...

Darauf hat er ihr mit höhnischem Lachen geantwortet:

›Das wirst du morgen in den Zeitungen lesen... Gib mir um Himmels willen alles, was du hast...‹

Und sie hat ihm genau hundertdreißig Francs gegeben... Sie hat nur zehn Francs für sich behalten... Er ist hinausgerannt... Sie wollte ihm nachlaufen, aber er ist auf einen vorbeifahrenden Bus aufgesprungen...

Ich weiß nicht mehr weiter, Chef... Ich hab die beiden alleingelassen, um Sie anzurufen... Soll ich wieder zu ihnen zurückgehen?... Gérards Frau behauptet, er würde sich umbringen... Ich, ich...«

»Das reicht!« schnitt Maigret ihm das Wort ab.

»Aber... Was soll ich tun?«

Der Kommissar hatte den Hörer bereits aufgelegt, und ohne Umschweife befahl er Monsieur Charles:

»Leeren Sie Ihre Taschen!«

»Ich soll...«

»Leeren Sie Ihre Taschen!«

»Wenn Sie wollen...«

Er tat es langsam, zog einen Gegenstand nach dem anderen heraus und legte ihn auf den Schreibtisch: eine abgewetzte Brieftasche, einen Schlüssel, ein Taschenmesser, ein höchst fragwürdiges Taschentuch, Ausweispapiere, eine kleine Dose Hustenpastillen, einen Tabaksbeutel, eine Pfeife und eine Schachtel Streichhölzer.

»Drehen Sie Ihre Taschen um... Legen Sie Ihre Jacke ab...«

»Möchten Sie denn gern, daß ich mich ausziehe?«

In leicht abgewandelter Form hätte Madame Maigret die Bemerkung, mit der sie ihren Mann bedacht hatte, wiederholen können: »Ich frage mich, wie du es schaffst, ihn nicht zu ohrfeigen!«

In der Tat war Monsieur Charles von beiden der Ruhigere, der Gelassenere, und diese Gelassenheit entbehrte nicht einer gewissen Unverschämtheit. Als er seine Jacke ablegte, kamen Hemdsärmel zum Vorschein, die an den Ellenbogen abgewetzt und schmutziggrau waren. Als nächstes folgte die Weste. Die Hosenträger waren in keinem besseren Zustand als das Hemd, und die Unterhose reichte höher als der Hosenbund.

»Soll ich weitermachen?«

Hätte der Kommissar in diesem Moment die Beherrschung verloren, hätte er ihm gewiß keine Ohrfeige gegeben, sondern einen Faustschlag mitten ins Gesicht.

»Wünschen Sie, daß ich meine Pantoffeln ausziehe?«

»Ja.«

Ein Strumpf wies zwar ein Loch auf, aber die Pantoffeln verbargen nicht das kleinste Stück Papier.

»Ich möchte Sie darauf aufmerksam machen, Herr Kommissar, daß es elf Uhr abends ist und daß es mir, selbst wenn Sie einen vorschriftsmäßigen Haussuchungsbefehl hätten, um diese Zeit zustünde, Sie hinauszuwerfen... Davon ist natürlich keine Rede... Ich erwähne es nur, um zu betonen, wie sehr ich...«

»Setzen Sie sich...«

Maigret ging ans Telefon und wählte eine Nummer.

»Bitteschön...«, sagte der abgetakelte Jurist ironisch.

»Hallo!... Verbinden Sie mich bitte mit Lucas... Bist du es?... Noch immer nicht?... Nur dranbleiben, mein Lieber... Nein!... Ich hab jetzt keine Zeit... Wer ist denn da?... Berger?... Sei's drum... Er soll in ein Taxi springen und nach Bourg-la-Reine kommen... Ja... In den vierten Stock... Danke... Viel Glück!...«

Er legte den Hörer wieder auf, verharrte reglos und starrte auf den Schreibtisch vor ihm.

»Falls Sie lange zu bleiben gedenken, könnten wir vielleicht etwas trinken?«

Ein einziger Blick von Maigret ließ ihn verstummen. Zehn Minuten vergingen, eine Viertelstunde. Auf der Route Nationale brausten die Autos vorüber. Das Klavierspiel war verklungen. Das ganze Haus schlief.

Endlich fiel unten die Haustür dröhnend ins Schloß, und bald darauf hallten Schritte auf der Treppe wider.

»Komm rein, Berger...«

Es regnete noch heftiger, denn der Hut und die Schultern des Inspektors, der immerhin ein Taxi genommen hatte, waren naß.

»Darf ich dir Monsieur Charles vorstellen... Er ist heute abend ziemlich nervös, und ich fürchte, er könnte Dummheiten machen... Er hat es für nötig befunden, mich darauf hinzuweisen, daß es nicht ganz legal ist, wenn wir heute nacht seine Wohnung besetzen, aber es stört ihn nicht... Ich lasse dich bei ihm... Er kann sich schlafen legen, wenn er das möchte, und dann wachst du über ihn wie über einen lieben Verwandten, der krank ist... Verstanden?... Ich komme wahrscheinlich morgen früh wieder her... Sollte ich mich verspäten, dann verlier nicht die Geduld und laß ihn nicht weggehen, denn er könnte sich erkälten...«

Er knöpfte seinen Überzieher zu und drückte mehrmals kurz mit dem Daumen den Tabak in seiner Pfeife zusammen.

»Laß die Finger von seinem Cognac... Ich glaube, er taugt nicht viel...«

Er nahm Dandurands Brieftasche vom Tisch und die Papiere, die dieser aus seinen Taschen herausgeholt hatte.

»Hast du dein Taxi warten lassen?«

»Nein, Chef...«

»Schade... Guten Abend...«

Und er überließ die beiden ihrem Tête-à-tête. Einen Augenblick lang war er nahe daran, in den fünften Stock hinaufzugehen. Aber wozu? Dandurand war nicht der Mann, der Spuren hinterließ.

Im Flur des Erdgeschosses stieß er auf Madame Mit-Verlaub-gesagt in ihrem Nachtgewand, den Kopf mehr denn je zur Schulter geneigt.

»Was ist denn los, Herr Kommissar?... Ist im Haus schon wieder ein Verbrechen geschehen?...«

Er hörte nicht hin. Kaum daß er undeutlich ein paar Silben vernahm, und geistesabwesend antwortete er:

»Vielleicht... Lassen Sie mich bitte hinaus...«

Dritter Teil

1

Am Morgen regnete es noch immer; es war ein sanfter, eintöniger Regen, verzagt wie das Dasein einer Witwe. Man sah ihn nicht fallen; man spürte ihn nicht, und dennoch überzog er alles mit kaltem Glanz, und auf der Seine bildeten sich Milliarden kleiner, zitternder Kreise. Um neun Uhr beschlich einen noch das Gefühl, man sei sehr früh unterwegs, denn es wollte nicht Tag werden, und die Gaslaternen brannten noch.

Als er die Treppe der Kriminalpolizei hinaufstieg, konnte Maigret nicht umhin, einen Blick aufs Aquarium zu werfen, und es schien ihm, als erwartete er, Cécile wieder auf ihrem Platz vorzufinden, auf dem er sie, bescheiden und in ihr Schicksal ergeben, zum letzten Mal gesehen hatte. Warum war ihm an diesem Morgen ein böser Gedanke durch den Kopf geschossen? Wahrscheinlich hatte er sich auf der Straße, während ihm der Schlaf noch in den Knochen saß und er an den regentropfenden Häusern entlanglief, dunkel an seine Nachbarin im Kino erinnert, dann an Nouchi, Monsieur Charles... Und als er den Flur der Kriminalpolizei erreichte, da fragte er sich auf einmal, ob zwischen Cécile und Monsieur Dandurand...

Nichts stützte eine solche Vermutung... Sie berührte ihn peinlich. Sie besudelte eine Erinnerung, und dennoch mußte der Kommissar von diesem Moment an oft daran denken.

»Gehen Sie nicht hinein ... Es ist jemand drinnen ... Der Direktor bittet Sie, vorher zu ihm zu kommen ...«

Es war der Bürodiener, der Maigret davon abhielt, sein Büro zu betreten.

»Es ist jemand drinnen?« wiederholte der Kommissar.

Im nächsten Augenblick klopfte er an die Tür des Chefs.

»Kommen Sie rein, Maigret... Geht's Ihnen besser?... Sagen Sie... Ich habe mir erlaubt, einen Besucher in Ihrem Büro warten zu lassen ... Ich wußte nicht, wohin mit ihm... Ist übrigens sowieso für Sie... Lesen Sie mal ...«

Maigret schaute verständnislos die Visitenkarte an, auf der stand:

JEAN TINCHANT
Staatssekretär

im Ministerium für Auswärtige Angelegenheiten bittet den Direktor der Kriminalpolizei um freundliche Unterstützung der Arbeit von Monsieur Spencer Oats vom Institut für Kriminologie in Philadelphia, der uns von seiner Botschaft bestens empfohlen wurde.

»Was will er denn?«

»Ihre Methoden studieren ...«

Und der Chef konnte sich das Lachen nicht verbeißen, als Maigret entschwand und dabei einen Buckel machte und die Fäuste ballte, als wollte er den amerikanischen Kriminologen zermalmen.

»Ich freue mich sehr, Herr Kommissar...«

»Einen Moment, Monsieur Spencer... Hallo!... Zentrale?... Maigret hier... Etwas für mich da?... Hat man ihn noch nicht gefunden?... Verbinden Sie mich mit Nummer 19 in Bourg-la-Reine...«

Nicht unsympathisch, der Amerikaner. Ein großer junger Mann, Akademikertyp, rote Haare, schmales Gesicht, korrekter, gut geschnittener Anzug, leichter, ziemlich angenehmer Akzent.

»Bist du es, Berger?... Was tut sich?...«

»Nichts, Chef... Er hat vollständig angezogen auf dem Diwan geschlafen... Nur knurrt mir langsam der Magen, und in der Wohnung gibt es nichts zu essen... Ich wage nicht hinunterzugehen, um Croissants zu kaufen... Kommen Sie bald?... Nein! Er ist sehr besonnen... Er hat mir sogar erklärt, er würde es Ihnen nicht übelnehmen, er hätte an Ihrer Stelle wie Sie gehandelt, und es würde nicht lange dauern, bis Sie Ihren Fehler einsehen...«

Maigret legte den Hörer auf die Gabel und pflanzte sich vor seinem Ofen auf, dessen Anblick den Yankee überrascht hatte.

»Was kann ich für Sie tun, Monsieur Spencer?«

Er nannte ihn so, weil er nicht die leiseste Ahnung hatte, wie er Oats aussprechen sollte.

»Ich möchte mich zuallererst mit Ihren Ansichten über die Psyche der Kriminellen vertraut machen, Herr Kommissar...«

Maigret öffnete mittlerweile seine Post, die er sich vom Schreibtisch geholt hatte.

»Welcher Krimineller?« fragte er, während er nebenbei las.

»Aber... der Kriminellen im allgemeinen...«

»*Vorher* oder *nachher*?«

»Worauf wollen Sie hinaus?«

Maigret rauchte seine Pfeife, las Briefe, wärmte sich den Rücken und schien dieser bruchstückhaften Unterhaltung keinerlei Beachtung zu schenken.

»Ich frage Sie, ob Sie von den Kriminellen *vor* oder *nach* ihrem Verbrechen reden... Denn *vorher* sind sie selbstverständlich noch nicht kriminell... Dreißig, vierzig, fünfzig Jahre lang, manchmal noch länger, sind sie Menschen wie alle anderen auch, nicht wahr?«

»Gewiß...«

Maigret hob schließlich den Blick, und ein winziger Funke Spottlust glomm in seinen Augen, als er wie beiläufig sagte:

»Warum neigen Sie, Monsieur Spencer, zu der Ansicht, daß sich ihre Mentalität von einer Minute zur anderen verändert, weil sie vielleicht gerade einen ihrer Mitmenschen getötet haben?«

Er trat ans Fenster und sah auf die Seine hinaus.

»Was soviel hieße wie«, folgerte der Amerikaner, »daß Kriminelle Menschen wie alle anderen sind?«

Es klopfte. Lucas kam mit einem Aktenstoß herein und war, sowie er den Besucher entdeckte, drauf und dran sich zurückzuziehen, als Maigret ihm zuvorkam:

»Was ist das, mein Lieber?... Ach, ja!... Gut!... Bring das Dossier zur Staatsanwaltschaft... Das

›Hôtel des Arcades‹ wird doch hoffentlich immer noch überwacht? ...«

Sie tauschten ein paar Sätze über die Polen aus, doch Maigret verlor dabei den Faden seiner Gedanken nicht.

»Warum begeht ein Mensch ein Verbrechen, Monsieur Spencer? Aus Eifersucht, aus Habgier, aus Haß, aus Neid, seltener aus Not... Kurz gesagt, von einer beliebigen menschlichen Leidenschaft getrieben... Nun, diese Leidenschaften, die tragen wir freilich alle mehr oder weniger ausgeprägt in uns... Ich hasse meinen Nachbarn, der es an Sommerabenden nicht lassen kann, sein Fenster aufzumachen und Jagdhorn zu blasen... Es steht zu vermuten, daß ich ihn deshalb nicht umbringen werde... Wogegen vor höchstens einem Monat ein ehemaliger Kolonialsoldat, der aufgrund seiner Fieberanfälle weniger geduldig war als ich, mit dem Revolver auf seinen Nachbarn über ihm geschossen hat, weil der eine Beinprothese trug und die ganze Nacht in seiner Wohnung auf und ab wanderte und dabei mit seinem Holzbein auf dem Fußboden stampfte...«

»Ich verstehe, was Sie meinen... Aber was ist mit der Mentalität des Kriminellen *danach*?«

»Die geht mich nichts an... Die ist Sache der Geschworenen und der Direktoren von Gefängnissen oder Zuchthäusern... Meine Rolle besteht darin, die Schuldigen zu ermitteln... Dazu habe ich mir nur über ihre Mentalität *davor* Gedanken zu machen... Ich muß herausfinden, ob dieser oder jener Mensch imstande war, dieses oder jenes Verbrechen zu verüben, und wann und wie er es verübt hat...«

»Der Direktor der Kriminalpolizei hat durchblicken lassen, daß Sie mir vielleicht gestatten würden dabeizusein, wenn ...«

Er war nicht der erste! Um so schlimmer für ihn!

»Ich weiß, daß Sie sich mit der Sache von Bourg-la-Reine befassen, und ich habe aufmerksam alles gelesen, was die Zeitungen darüber berichtet haben ... Kennen Sie den Täter schon?«

»Ich kenne auf jeden Fall einen, der nicht der Täter ist und der dennoch ... Ich werde Ihnen auch mal eine Frage stellen, Monsieur Spencer ... Ein Mann glaubt, er würde verdächtigt, er stellt sich zu Recht oder Unrecht vor, die Polizei hätte Beweise gegen ihn ... Seine Frau erwartet von einer Stunde zur anderen Nachwuchs ... Es ist kein Pfennig Geld im Haus ... Dieser Mann taucht wie von Sinnen bei seiner Schwester auf und fordert von ihr alles Geld, das sie besitzt ... Seine Schwester gibt ihm einhundertdreißig Francs ... Was macht er damit?«

Und Maigret schob seinem Gesprächspartner die Zeitung vom vergangenen Abend zu, die mit dem Foto von Gérard Pardon, dem der Kommissar die Hand auf die Schulter gelegt hatte.

»Ist das der Mann? ...«

»Er ist es ... Letzte nacht habe ich von diesem Büro aus seine Personenbeschreibung an alle Polizei- und Gendarmerieposten in Frankreich durchgegeben ... Man hält an den Grenzen nach ihm Ausschau ... Einhundertdreißig Francs ...«

»Ist er unschuldig?«

»Ich bin davon überzeugt, daß er weder seine Tante

noch seine Schwester umgebracht hat... Hätte er dieses Geld vor Einbruch der Nacht verlangt, dann hätte ich befürchtet, er wolle einen Revolver kaufen, um Selbstmord zu begehen...«

»Aber wenn er doch unschuldig ist?«

»Eben, Monsieur Spencer... Genau darauf wollte ich hinaus... Es gibt Unschuldige, die sich schuldig fühlen, und Schuldige, die sich unschuldig fühlen... Zum Glück hatten die Waffenhändler zu der Zeit, da man ihm diese einhundertdreißig Francs gab, ihre Läden bereits geschlossen... Deshalb nehme ich an, daß er zu fliehen versucht hat... Wenn dem so ist, wie weit kommt man mit einhundertdreißig Francs?... Gerade bis Belgien...«

Er nahm den Telefonhörer ab und verlangte den Erkennungsdienst.

»Hallo!... Maigret hier... Wer ist am Apparat?... Sind Sie es, Jaminet?... Packen Sie Ihre Apparate ein... Und nehmen Sie sich noch jemanden mit... Ja... Warten Sie unten in einem Taxi auf mich...«

Dann, an den Amerikaner gewandt:

»Vielleicht werden wir gleich jemanden verhaften.«

»Haben Sie den Täter ausfindig gemacht?«

»Schon möglich, aber nicht sicher... Offen gestanden, würde ich sogar dazu neigen... Entschuldigen Sie mich einen Augenblick, Monsieur Spencer?«

Maigret ging hinüber ins Palais de Justice, durch die berüchtigte Tür, die schon so lange stillgelegt sein sollte, diese Tür, ohne die Cécile vielleicht nicht ermordet worden wäre! Sie war so praktisch! Man mochte es noch so oft wiederholen, seit zehn, seit zwanzig Jahren...

Der Kommissar klopfte beim Untersuchungsrichter an, lehnte es jedoch ab, bei ihm Platz zu nehmen.

»Ich gehe gleich wieder... Es wartet jemand auf mich... Ich möchte Sie nur fragen, Herr Richter, ob es Ihnen sehr viel ausmachen würde, wenn ich einen Mann festnehme, der vielleicht unschuldig ist... Allerdings handelt es sich um einen widerlichen Kerl, der seinerzeit wegen Unzucht verurteilt wurde und nicht so dreist sein wird, Beschwerde einzulegen...«

»Unter diesen Umständen... Welchen Namen soll ich eintragen?«

»Charles Dandurand...«

Zehn Minuten später stiegen Maigret und Spencer Oats zu den beiden Spezialisten vom Erkennungsdienst ins Taxi, das sie unten auf der Straße erwartete. Kurz nach zehn Uhr hielt der Wagen in Bourg-la-Reine, wo Juliette Boynets Haus im Sprühnebel den Anschein einer halb verblichenen Fotografie erweckte.

»Warten Sie auf dem Treppenabsatz des fünften Stocks auf mich...«, sagte der Kommissar zu den Spezialisten.

Er klingelte bei Dandurand. Berger, der nicht geschlafen und schwarze Ringe unter den Augen hatte, kam an die Tür.

»Haben Sie nichts zu essen mitgebracht?«

Monsieur Charles hatte seinen abknöpfbaren Kragen abgenommen. Er sah zerknittert aus, wie jemand, der in seinen Kleidern genächtigt hatte. Seine Füße steckten in seinen alten Pantoffeln.

»Ich vermute...«, begann er.

»Vermuten Sie gar nichts, Monsieur Dandurand, denn Sie dürften sich ziemlich sicher irren. Kraft eines heute morgen vom Untersuchungsrichter ausgestellten Haftbefehls nehme ich Sie fest...«

»Aha!«

»Wundert Sie das?«

»Nein... Ich bedaure es um Ihretwillen...«

»Wollen Sie noch eine Aussage machen, ehe Sie Ihren Weg in die Santé antreten?«

»Nein, keine, es sei denn die, daß Sie sich irren.«

»Ihnen ist noch immer nicht eingefallen, was Sie gestern, während ich in diesem Raum telefonierte, in Juliette Boynets Schlafzimmer zu suchen hatten?«

Ein bitteres Lächeln huschte über das unrasierte Gesicht des alten Mannes.

»Bleib bei ihm, Berger... Er soll sich anziehen... Wenn er fertig ist, bringst du ihn ins Untersuchungsgefängnis und kümmerst dich um die Formalitäten...«

Er drehte sich jäh um, packte ein junges Mädchen an seinen mageren Schultern und schimpfte:

»Und Sie, Nouchi, wenn Sie mir noch einmal über den Weg laufen, dann werde ich Sie...«

»Was machen Sie dann mit mir?« fragte sie ganz aufgeregt.

»Das werden Sie schon sehen, es wird jedenfalls nicht lustig werden!... Verschwinden Sie...«

Kurz danach schloß er die Tür zur Wohnung im fünften Stockwerk auf.

»Also, Kinder, ich will euch sagen, worum es

geht... Vorsicht, Monsieur Spencer, betreten Sie diesen Raum nicht...«

»Wir haben doch schon in der ganzen Wohnung die Fingerabdrücke festgestellt«, wandte der Fotograf ein.

»Am Tag nach der Tat, das stimmt... Und in Juliette Boynets Schlafzimmer sind nur zweierlei gefunden worden: ihre eigenen und die von Cécile... Keine Fingerabdrücke eines Mannes, weder die von Gérard Pardon noch die des erbärmlichen Herrn, den wir gerade verlassen haben... Letzte nacht hat er sich aber, während ich in seinem Büro telefonierte, in diesen Raum geschlichen, ich weiß es genau, weil ich seine Tritte gehört habe... Ich hab keine Ahnung, was er da getan hat... Um diesen mehr als kompromittierenden Schritt zu wagen, mußte er triftige Gründe dafür gehabt haben... Ihr sollt jetzt die Gegenstände herausfinden, die er berührt hat... An die Arbeit!... Verstehen Sie jetzt, Monsieur Spencer, warum ich Sie gebeten habe, nicht hineinzugehen?...«

Die Spezialisten breiteten ihre Geräte aus und machten sich ans Werk. Maigret, die Hände in den Manteltaschen, schritt in den übrigen Räumen des Appartements auf und ab.

»Das ist wirklich kein Vergnügen gewesen, nicht wahr?... Eine alte, krankhaft geizige Frau... Und ein junges Ding, oder vielmehr ein nicht mehr ganz taufrisches und von der Natur ziemlich benachteiligtes spätes Mädchen... Kommen Sie einen Moment mit hinunter?«

Sie trafen bei Monsieur Charles ein, als er, schon in

Hut und Mantel, gerade im Begriff war, seine Behausung zu verlassen, um Inspektor Berger zu folgen.

»Machen Sie sich keine Sorgen um Ihre Sachen, Monsieur Dandurand. Ich werde Ihren Schlüssel verwahren... Im übrigen nehme ich ja an, daß es nicht mehr lange dauern wird, bis Sie sich für einen Anwalt Ihrer Wahl entscheiden, der dann binnen kurzem hier sein wird...«

Daraufhin schloß er die Tür und ging nicht etwa ins Büro, sondern ins Schlafzimmer des ehemaligen Juristen.

»Setzen Sie sich doch, Monsieur Spencer... Hören Sie?«

»Es entgeht einem kein Wort von dem, was über uns gesprochen wird...«

»Eben! Ich weiß nicht, wie moderne Häuser in Amerika gebaut werden, aber hier sind sie nicht viel besser isoliert als Zigarrenkisten... Kümmern Sie sich nicht mehr darum, was unsere Kollegen da oben sagen... Horchen Sie nur auf das Geräusch ihrer Schritte... Versuchen Sie nachzuvollziehen, was sie tun...«

»Man könnte meinen... Nanu! Das ist viel schwieriger...«

»Genau das finde ich auch... Da, hören Sie! Jemand hantiert mit einer Schublade... Er zieht sie heraus... Aber könnten Sie sagen, zu welchem Möbelstück diese Schublade gehört?«

»Das ist unmöglich.«

»Also, eins steht fest... Von seiner Wohnung aus hörte Dandurand alles mit, was über seinem Kopf gesprochen wurde... Er konnte *grosso modo* das Hin und Her der Leute verfolgen, die sich bei Juliette Boynet aufhielten... Was dagegen die Einzelheiten betrifft... Wenn nur dieser Dummkopf von Gérard nicht in die Seine gesprungen ist!...«

»Aber er ist doch unschuldig!«

»Ich habe Ihnen gesagt, daß ich das glaube... Leider bin ich nicht unfehlbar... Ich behauptete allerdings auch, daß sich ein Unschuldiger oft so benimmt, als wäre er der Täter... Hoffentlich ist Berthe bei seiner Frau geblieben... Da kann von einer Stunde zur anderen ein strammer Junge zur Welt kommen...«

Über ihnen wurden Möbel über den Fußboden geschoben.

»Wenn Sie geizig wären, Monsieur Spencer...«

»Geiz gibt es in Amerika nicht... Das ist eine Untugend oder eine Eigenschaft, die ein so junges Volk wie das unsere noch nicht kennt...«

»Dann nehmen wir einmal an, Sie wären eine alte Frau, eine alte Französin... Sie besitzen Millionen und Sie leben so dürftig wie eine einfache Rentnerin...«

»Das kann ich mir nur schwer vorstellen...«

»Strengen Sie sich an... Ihre einzige Freude ist es, die Geldscheine zu zählen, die Sie einnehmen... Seit drei Tagen läßt mir dieses Problem keine Ruhe mehr, denn der Kopf eines Menschen hängt davon ab... Je nachdem wo dieses Geld aufbewahrt wird, ändert sich der Name des Täters...«

»Ich nehme an...«, begann der Amerikaner.

»Was nehmen Sie an?« fragte Maigret beinahe aggressiv.

»Wenn ich wäre... wie Sie sagen... dann läge mir daran, dieses Geld immer in Reichweite zu haben...«

»Das ist genau das, was ich mir gedacht habe... Aber, Vorsicht! Obgleich Juliette Boynet nicht gerade wohlauf war, so ging sie doch in der Wohnung hin und her... Bis zehn Uhr etwa blieb sie liegen und ließ sich von ihrer Nichte das Frühstück und die Morgenzeitung ans Bett bringen...«

»War das Geld vielleicht in ihrem Bett versteckt?... Ist es in Frankreich nicht sogar üblich, Ersparnisse in die Matratze einzunähen?...«

»Nur, nach zehn Uhr hielt sich Juliette bis zum Abend im Salon auf... In jüngster Zeit hatte sie achthunderttausend Francs in Tausend-Franc-Scheinen zu Hause... Die nehmen immerhin einigen Platz in Anspruch... Denken Sie genau mit... Allein zwei Leute konnten wissen, wo dieses Geld versteckt war... Die Nichte, Cécile, die mit der Alten zusammenlebte... Die Tante verheimlichte es vor ihr, na schön, aber ein Zufall mochte...«

»War nicht Monsieur Dandurand der Vertraute der alten Dame?«

»Nicht in dem Maß, daß sie ihm ihr Versteck verraten hätte, glauben Sie mir!... Eine Frau wie Juliette Boynet würde sich sogar vor ihrem Schutzengel in acht nehmen... Dennoch hört man, wie Sie ja feststellen, von diesem Raum aus alles, was oben geschieht... Wollen wir wieder hinaufgehen?... Wenn jemand anruft, hören wir es klingeln...«

Die Luft war so feucht, daß das Treppengeländer sich schmierig anfaßte. Bei der Klavierlehrerin tastete sich eine Schülerin durch die Tonleitern. Die Ungarn stritten, und man hörte Nouchis durchdringende Stimme heraus.

»Na, Kinder?«

»Es ist erstaunlich, Chef...«

»Was ist erstaunlich?«

»Sind Sie sicher, daß der Kerl keine Gummihandschuhe getragen hat?«

»Dafür habe ich einen Beweis...«

»Er ist über den Teppich gegangen... Aber bis jetzt sieht es ganz so aus, als hätte er außer dem Türknauf nichts angefaßt... Was Fingerabdrücke betrifft, da finden wir nur Ihre...«

Ein starker Scheinwerfer war an die Steckdose angeschlossen. Die Fotoapparate veränderten die Atmosphäre des Raums, den Juliette Boynet so lange bewohnt hatte.

»Sie ging doch am Stock, nicht wahr?« sagte der Amerikaner unvermittelt.

Maigret fuhr so schnell herum, als wäre er von einer Tarantel gestochen worden.

»Moment mal... Der Gegenstand, der...«

Was konnte die alte Frau mit sich herumgetragen haben, vom Schlafzimmer in den Salon, vom Salon ins Schlafzimmer, zu den Mahlzeiten ins Eßzimmer? Ihren Stock, natürlich! Aber man versteckt keine achthundert Tausend-Franc-Scheine in einem Stock, so hohl er auch sein mag!

Der Kommissar ließ seinen Blick einmal mehr durch den Raum schweifen.

»Und das?...« fragte er plötzlich und zeigte auf ein

kleines, sehr niedriges Möbelstück mit altem Stoffbezug, auf das Juliette Boynet wohl ihre Füße aufgestützt hatte, wenn sie saß.

»Keine Fingerabdrücke drauf?«

»Nichts, Chef...«

Maigret ergriff den Schemel und stellte ihn aufs Bett. Seine Finger glitten an den Kupfernägeln entlang, mit denen der Bezug befestigt war. Eine Art Deckel ließ sich aufklappen. Der Schemel war so geschaffen, daß man heiße Kohlen einfüllen konnte, denn unter der Klappe kam ein rechteckiger Behälter aus reinem Kupfer zum Vorschein.

Es herrschte Schweigen. Alle starrten in den Behälter, auf ein in altes Zeitungspapier eingewickeltes Paket.

»Da müssen die achthundert Scheine drin sein«, sagte Maigret schließlich, während er seine Pfeife wieder anzündete. »Sehen Sie sich das an, Monsieur Spencer... Und erzählen Sie bloß Ihren Kollegen am Institut für Kriminologie nichts davon, denn das wäre beschämend für mich... Ich habe die Matratze und das Unterbett aufgetrennt, die Wände, den Fußboden und den Kamin abgeklopft... Und ich bin nicht auf die Idee gekommen, daß sich eine alte Frau mit geschwollenen Beinen, die sich mühsam am Stock dahinschleppte, von einem Raum in den anderen diesen läppischen Schemel nachtragen ließ, auf den sie ihre Füße aufstützte! Vorsicht mit der Zeitung! Untersucht sie gründlich, ihr zwei...«

Dem, was um ihn herum vor sich ging, völlig entrückt, konzentrierte sich Maigret zehn Minuten lang ausschließlich darauf, alle Uhren zu stellen, was eine ganze Reihe von Glockenspielen auslöste.

»Fertig, Chef...«

»Da sind die Fingerabdrücke drauf, nicht wahr?«

»Sie sind drauf... Es sind übrigens achthundertzehn Geldscheine...«

»Ich bräuchte Umschläge und Wachs...«

Er versiegelte das kleine Vermögen und rief in der Staatsanwaltschaft an, daß sie einen dafür zuständigen Beamten herschicken sollten, der es in Empfang nehmen konnte.

»Kommen Sie mit, Monsieur Spencer?«

Draußen schlug er den Mantelkragen hoch.

»Wir hätten unser Taxi nicht wegfahren lassen sollen... Aber, Sie können mir glauben, der Mann, der mir bei uns den größten Schrecken einjagt, ist der Kassierer... Ich weiß nicht, ob sie in den Vereinigten Staaten ebenso unmenschlich sind... Wollen wir, während wir auf die Straßenbahn warten, einen trinken gehen, vielleicht in diesem Bistro, in dem die Bauarbeiter vespern?... Sie haben ja Ihren Hut vergessen...«

»Ich trage nie einen...«

Ein langer Blick des Kommissars auf die roten Haare, auf denen die Regentropfen unzählige Perlen bildeten. Es gab wahrhaftig Dinge, die Maigret nicht begreifen konnte!

»Ich nehme einen Calvados. Und Sie?«

»Kann ich ein Glas Milch haben?«

Hatte dieser Mann mit seinen fünfunddreißig Jahren deshalb einen Teint, der so rosig war wie die feuchte Schnauze eines jungen Kalbs?

»In einem großen Glas, Patron!«

»Die Milch?«

»Nein! Den Calvados!«

Und Maigret stopfte gemächlich seine Pfeife. Hatte dieser unerschütterliche Schurke Dandurand seinen Kopf riskiert, um die achthunderttausend Francs in den Fußschemel der Alten zurückzulegen?

2

Sie kamen aus dem Standesamt. Auf Maigrets Fragen hatte ein Beamter mit schlechten Zähnen zunächst unwirsch geantwortet, daß er die erbetenen Auskünfte nicht erteilen könne. Dann, beim Anblick der Dienstmarke des Kommissars, war er von so fieberhaftem Eifer erfaßt worden, daß er doppelt so lange wie nötig gebraucht hatte, um in den umfangreichen Registern nachzuschlagen.

Das Rathaus war weder altmodisch noch modern: es war häßlich, häßlich im ganzen, in seinen Proportionen, in seiner Ausstattung, häßlich in seinen nichtigsten Details. Die Angestellten kamen zur selben Zeit heraus wie Maigret und sein Amerikaner, denn es schlug eben Mittag; der schmerbäuchige, nachlässig gekleidete Herr mit dem dreifachen Kinn, den ein jeder zuvorkommend grüßte, mußte der Bürgermeister von Bourg-la-Reine sein.

Oben auf der vier- oder fünfstufigen Freitreppe blieben der Kommissar und sein Begleiter eine Weile stehen, weil gerade ein heftiger Regenschauer niederprasselte. Auf dem kleinen Platz ging unter kahlen Bäumen der Markt zu Ende. Die Stände wurden abgebaut. Der aufgeweichte Boden war mit Abfällen übersät. Gegenüber lag eine Metzgerei, in der die aufgehängten großen Fleischstücke wie blutrote Flekken durch die Scheiben leuchteten, eine dicke Frau mit rosigem Gesicht saß an der Kasse. In einer nahegelegenen Schule wurden die Kinder aus dem Unterricht entlassen, und sie strömten mit lautem Geschrei heraus. Viele von ihnen trugen Schuhe mit hölzernen Sohlen. Ein grün-weißer Autobus ...

Es war nicht mehr die Hauptstadt; es war aber auch keine Kleinstadt auf dem Lande und kein Dorf. Maigret schaute zu seinem Yankee hinüber, ihre Blicke trafen sich. Spencer Oats begriff, denn er deutete ein schwaches, wie die Landschaft ein wenig verschleiertes Lächeln an.

»Bei uns ist es manchmal auch nicht schöner«, murmelte er.

Den Gang zum Rathaus, den sie soeben hinter sich gebracht hatten, hätte ebensogut jeder beliebige Inspektor, jeder beliebige untergeordnete Beamte übernehmen können. Der Kommissar hatte zunächst wissen wollen, wann Charles Dandurand in Juliettes Haus eingezogen war.

Genau vor vierzehn Jahren. Davor hatte er möbliert in der Rue Delambre gewohnt, nahe am Boulevard Montparnasse.

Nun, vor vierzehneinhalb Jahren war Juliettes Mann, der Bauunternehmer Boynet, gestorben.

Die beiden Männer warteten auf der Freitreppe vorm Rathaus ab, bis der ärgste Guß vorüber war.

»Wissen Sie, Monsieur Spencer, warum die Kriminellen lieber mit uns als mit den Justizbeamten zu tun haben?«

»Ich glaube, ich ahne es langsam ...«

»Zugegeben, wir sind mitunter brutal... Weniger, als behauptet wird, aber weitaus mehr als ein Untersuchungsrichter oder ein Vertreter der Staatsanwaltschaft... Nur, im Verlauf der Ermittlungen haben wir etwas vom Milieu des Angeklagten miterlebt... Wir haben ihn in seinen eigenen vier Wänden besucht... Wir kennen sein Zuhause, seine Gewohnheiten, seine Familie und seine Freunde... Ich habe heute morgen zwischen dem Kriminellen *vor* und dem Kriminellen *nach* seiner Tat unterschieden... Nun, das liegt daran, daß wir uns bemühen, uns ein Bild davon zu machen, wie er *vorher* war... Sobald wir ihn den Justizbeamten übergeben, ist das vorbei... Er hat, und fast immer endgültig, sein Leben als Mensch verwirkt... Er ist ein Krimineller, weiter nichts, und als solchen behandeln ihn die Justizbeamten auch...«

Und, wie aus heiterem Himmel, sagte Maigret seufzend:

»Ich gäbe viel darum, wenn ich wüßte, wozu Charles Dandurand in Juliettes Schlafzimmer gegangen ist... Ob er die Banknoten in den Schemel zurückgelegt hat, oder... Der Regen hat ein wenig nachgelassen...«

Sie setzten sich in Bewegung, der Kommissar mit den Händen in den Manteltaschen und mit hochgezogenen Schultern, der Amerikaner so unbekümmert wie bei strahlendem Sonnenschein.

»Macht es Ihnen etwas aus, in einem Bistro zu Mittag zu essen?«

»Im Gegenteil, das würde ich sehr gern tun, denn die Herren von der Botschaft, die mich bisher herumgelotst haben, sind mit mir nur in große Restaurants gegangen...«

Sie stiegen in die Straßenbahn zur Porte d'Orléans und sahen im Vorbeifahren das Schichtkuchen-Haus, dessen Ziegel der Regen dunkel färbte.

»Das Schwierige daran ist, sich in ihre Lage zu versetzen, zu denken und zu fühlen wie sie... Ein weiteres Handicap für den Richter, der in einem zu neutralen Umfeld lebt... Das Haus, in dem ich wohne, unterscheidet sich nicht so sehr von dem... Nach Ihnen!...«

In einer Nebenstraße hatte Maigret die Tür zu einem kleinen, sehr einfachen Restaurant mit Zinktheke, mit Marmortischen und mit Sägespänen auf dem Fußboden aufgestoßen. Ein biederer, rotgesichtiger Mann, der eine blaue Schürze umgebunden hatte, drückte dem Kommissar zur Begrüßung die Hand.

»Sie haben wir ja schon lange nicht mehr gesehen!... Das muß ich gleich meiner besseren Hälfte sagen... Mélanie!... Was hast du Gutes für Monsieur Maigret?...«

Und Mélanie, rund und lebhaft, schoß aus ihrer Küche heraus und trocknete sich noch im Laufen die Hände.

»Wenn Sie mich doch nur angerufen hätten... Na, was soll's! Es gibt Coq au vin, und heute morgen hab ich recht schöne Steinpilze gekriegt... Mag Ihr Freund Steinpilze?«

Es saßen nur einige Stammgäste im Lokal. Die Fenster waren angelaufen, und von draußen war nichts zu sehen.

»Immer noch den gleichen Beaujolais, Monsieur Maigret?«

Der betrat eine schmale Telefonzelle, und der Amerikaner konnte durch die Glasscheibe erkennen, daß er ein ernstes und besorgtes Gesicht machte.

»Sie haben diesen Idioten von Gérard noch nicht gefaßt«, erklärte er, als er sich wieder an den Tisch setzte. »Heute abend werde ich mal seine Frau besuchen ...«

»Haben Sie nicht gesagt, es sei kein Geld im Haus? ...«

»Darum haben wir uns natürlich gekümmert ... Da kommt ein Kind an, das wahrscheinlich nie erfahren wird, unter welchen Umständen es das Licht der Welt erblickt hat ... Verdammt noch mal, weshalb hat Charles Dandurand ...«

Es war zu spüren, daß alles, was er äußerte, ohne Belang war. Ein einziges Problem ließ ihm wirklich keine Ruhe.

»Warum hat Dandurand ... ?«

»Wenn er die alte Dame ermordet hat ...«, sagte Spencer vorsichtig.

»Wenn er die alte Dame ermordet hat, dann bin ich ein Schwachkopf und kann meine ganze Untersuchung von vorn anfangen, Monsieur Spencer ... Zunächst, warum sollte er sie ermordet haben? ... Sie brachte ihm lebend mehr ein als tot ... Ihm war klar, daß er sie nicht beerben konnte ... Und was die achthunderttausend Francs betrifft, die sie zu Hause hatte, da wissen Sie ja selbst, daß er sie nicht gestohlen hat ...

Außerdem, wie hätte er das anstellen sollen? ... Sie

verabschiedet ihn ... Sie bringt ihn wieder an die Tür ... Zweifellos schließt sie sie sorgfältig zu ... Sie verriegelt sie sogar, behauptet er, und das glaube ich ihm ... Sie betritt ihr Schlafzimmer ... Sie zieht sich aus ... Sie hat bereits einen Strumpf abgestreift, und sie sitzt auf ihrem Bett, als ... Nein, Monsieur Spencer, es ist nicht Dandurand, der wieder hinaufgegangen ist, die Eingangstür aufgemacht hat und ...

Trotzdem zögert er vier Tage später nicht, den Verdacht auf sich zu lenken, indem er fast vor meinen Augen in dieses Zimmer eindringt ... Um was zu tun?

Vergessen Sie nicht, daß die Papiere der Alten verschwunden sind, die Quittungen, die Besitzurkunden, all das, was sich im Sekretär des Salons befunden hatte und was insgesamt für den Mörder wertlos ist, weil er davon keinen Gebrauch machen kann, ohne sich zu verraten ...

Dagegen haben die Banknoten, die theoretisch anonym sind, ihr Versteck nicht verlassen, oder falls sie es kurzfristig doch verlassen hatten, dann sind sie dahin wieder zurückgekehrt ... Schmecken Ihnen diese Steinpilze nach Bordeleser Art?«

»Sie sind kein guter Beobachter, Herr Kommissar, wenn Sie mir diese Bemerkung gestatten, denn sonst wäre Ihnen aufgefallen, daß ich mich schon dreimal bedient habe, und wenn ich nicht etwas von einem gewissen Coq au vin gehört hätte ... Was übrigens den Beaujolais betrifft, da fürchte ich, daß ich heute nachmittag wahrscheinlich ein etwas angeschlagener Begleiter für Sie sein werde ...«

»Warten Sie erst einmal das Huhn ab! ... Die Wirtin

war zwanzig Jahre lang Köchin bei einem unserer Minister, mit dem es zwar ein böses Ende genommen hat, der aber eine gute Küche zu schätzen wußte... Ist Ihnen eigentlich klar, daß Juliette eine ziemlich schöne Frau gewesen ist?... In der Wohnung gibt es ein Foto von ihr... Ich frage mich, ob ihr Mann zufällig eifersüchtig war...«

Und diese harmlosen Worte reichten aus, ihn in einen neuen Abgrund tiefen Nachsinnens zu stürzen. Um ihn von dort wieder herauszuziehen, bedurfte es der Wirtin, die kam und sich danach erkundigte, ob ihr Coq au vin Anklang fand. Bisweilen warf Maigret einen Blick zur Tür.

»Erwarten Sie jemanden?«

»Ich erwarte einen Herrn, den ich nicht besonders mag. Er soll schon gut zwei Stunden lang am Quai des Orfèvres herumgelungert sein... Ich hab ihn gebeten, mich hier zu treffen...«

Einige Minuten danach hielt ein Taxi am Rand des Gehsteigs, Maître Leloup, dick und überheblich, bezahlte den Fahrer und trat in das Bistro ein.

»Ich bringe Ihnen, was ich Ihnen versprochen habe...«, verkündete er, während er seine Aktenmappe aus weichem Leder auf einen freien Tisch legte. »Sie werden feststellen, daß mein ehrenwerter Klient, Monsieur Monfils, nicht übertrieben hat, als er behauptete...«

Der Anwalt hatte gewiß noch nicht zu Mittag gegessen, doch der Kommissar forderte ihn weder dazu auf, an ihrem Mahl teilzunehmen, noch, sich seines Mantels zu entledigen.

»Das sehe ich mir später an...«

»Machen Ihre Ermittlungen Fortschritte?«

»Langsam, Maître Leloup... Langsam...«

»Ich möchte mir erlauben, Sie auf ein Detail hinzuweisen, das Ihnen möglicherweise entgangen ist... Wohlgemerkt, ich übe keine Kritik an den Methoden, die Ihnen eine gewisse Berühmtheit verschafft haben... Ich habe meinerseits jemand Zuverlässigen nach Fontenay entsandt... Ich ließ ältere Leute befragen, die Madame Boynet vorzeiten als junges Mädchen gekannt haben, als sie noch Juliette Cazenove hieß...«

Maigret aß weiter, ohne mit der Wimper zu zucken, als wäre ihm dieses Geschwätz völlig gleichgültig, und der Amerikaner beobachtete ihn gespannt.

»Ich habe Dinge erfahren, die Sie wahrscheinlich überraschen werden...«

Da murmelte der Kommissar sehr sanft:

»Das glaube ich nicht...«

»Juliette Cazenove galt als ein etwas närrisches Mädchen, oder genauer gesagt, als in ihren Körper vernarrt...«

»Und man wirft ihr vor, Charles Dandurands Geliebte gewesen zu sein, nicht wahr?«

»Hat man Ihnen das erzählt?«

»Man hat mir nichts erzählt, aber das konnte ich mir schon denken... Dandurand war an die zehn Jahre älter als sie... Bereits damals dürfte er einem jungen Blut nicht abhold gewesen sein...«

»Das hatte seinerzeit großes Aufsehen erregt...«

»Ohne daß es jedoch Juliette davon abgehalten hätte, ihren Bauunternehmer zu heiraten und hier in Paris mit ihm zu leben... Das weiß ich alles, Monsieur Leloup...«

»Was schließen Sie daraus?«

»Ich schließe nichts... Es ist zu früh, um Schlüsse zu ziehen... Wetten, daß dieser Anruf für mich ist...«

Er stürzte auf die Telefonzelle zu, und auf seinem Gesicht spiegelte sich Hoffnung wider. Das Gespräch war wirklich für ihn, denn er blieb ziemlich lange am Apparat. Als er zurückkehrte, schien er erleichtert zu sein.

»Bringen Sie uns noch ein bißchen von diesem Huhn, Patron...«

Wenn man bedenkt, daß er bisher kaum gegessen hatte. Doch nun hatte er seinen Appetit wiedererlangt. Er leerte ein volles Glas Beaujolais und wischte sich mit dem Handrücken über den Mund. Seine Augen funkelten.

»Man hat Gérard gefunden!« sagte er schließlich aufseufzend. »Armer Kerl!...«

»Warum sagen Sie *armer Kerl*?...«

»Weil er sich wie ein Idiot aufgeführt hat... Noch eine Flasche, Désiré... Stellen Sie sich vor, er hat tatsächlich den Zug zur belgischen Grenze genommen, wie ich es vorhergesagt habe... Dort hat er Polizisten entdeckt, die gründlicher als gewöhnlich die Waggons durchsuchten... Auf einmal hat er den Kopf verloren... Er ist auf der falschen Seite ausgestiegen und durch Lehm und Schlamm watend querfeldein davongelaufen... Die Polizisten waren ihm auf den Fersen... Er hat einen Bauernhof entdeckt und ist hineingerannt... Sie haben ihn eine Stunde lang gesucht, und wissen Sie, wo sie ihn gefunden haben?... Im Klo!... Er hat sich so heftig und so erfolgreich gewehrt, daß sie ihn halb zusammenschlagen mußten... Sie bringen ihn uns zurück... Er trifft um drei Uhr fünfzig in Paris ein...«

»Hat er gestanden?« fragte Maître Leloup.

Und Maigret fragte mit geheuchelter Treuherzigkeit zurück:

»Was gestanden?... Übrigens, beinahe hätte ich das Wichtigste vergessen! Tun Sie mir doch den Gefallen, Maître, und telegrafieren Sie Ihrem Klienten... Ich frage mich, ob die Tante Boynet angesichts der guten Beziehungen, die sie zu ihm unterhielt, ihm zufällig gewisse Dinge, die ihr lästig waren, zur Aufbewahrung anvertraut hat... Ich weiß das ja nicht... Vielleicht hat sie ihm Geschenke gemacht... Sie können sich nicht vorstellen, wie sehr mich das interessiert!...«

Endlich! Sie waren den mehr oder weniger windigen Anwalt los und konnten in Ruhe Mélanies Kaffee genießen und Désirés alten Armagnac, denn der Wirt stammte aus dem Departement Gers, wo er unter den Winzern noch gute Freunde hatte. Außer ihnen saß niemand mehr in dem sauberen, schlichten Lokal mit den beschlagenen Fensterscheiben. Auf dem abgewischten Tisch hatten sie die Briefe ausgebreitet, die der Advokat gebracht hatte und die alle auf Trauerpapier geschrieben waren, das Juliette benutzt hatte, seit sie Witwe war.

Meine Lieben,
ich habe Eure Glückwünsche erhalten und erwidere sie von ganzem Herzen. Für eine alte Frau wie mich ist es sehr schwierig, inmitten lauter undankbarer Menschen zu leben. Wenn ich bedenke, was ich für die Kinder meiner Schwester alles getan habe und was …

Maigret las Brief um Brief und reichte sie seinem Begleiter, der sie ebenfalls überflog. Sie waren sich alle gleich. Alle trugen das Datum 2. oder 3. Januar, denn es waren die Antwortschreiben auf die Neujahrswünsche der Monfils.

… Sie werden ihre blauen Wunder erleben, denn sie rechnen damit, eines Tages mein Vermögen zu erben …

An anderer Stelle:

Gérard ist ein Taugenichts, der mich nur besucht, wenn er Geld braucht … Als würde ich es selber drucken! …

Berthe kam dabei nicht besser weg.

… Ich bin sehr froh, daß sie ausgezogen ist, denn ich habe dauernd befürchtet, sie in Umständen zu sehen, und das hätte im Haus Anstoß erregt …

»In Umständen?« fragte Monsieur Spencer verwundert.
»In anderen Umständen … Eine diskrete Umschreibung dafür, daß sie Angst hatte, ihre Nichte könnte schwanger werden …«

Es ist schrecklich, allein und gebrechlich zu sein und zu wissen, daß die Leute nur hinter deinem Geld her sind ... Ich kann nicht umhin, mir zu sagen, daß mir früher oder später vielleicht ein Unglück zustoßen wird ...

Ihr habt es wirklich gut in eurer kleinen Stadt, ohne all die Sorgen, die mich krank machen. Cécile tut zwar so, als wäre sie mir ergeben, aber sie schlägt sich mehr und mehr auf die Seite ihres Bruders als auf meine ...

Nun, es gibt jemanden, der hoch in meiner Schuld steht, aber ich traue ihm nicht recht ...

Maigret zeigte seinem Begleiter die Stelle.

»Sie traute niemandem«, murmelte er.

»Sie hat doch recht gehabt, nicht wahr?«

»Lesen Sie weiter!«

Zum Glück bin ich nicht dümmer als sie und habe meine Vorsichtsmaßnahmen getroffen ... Sollte mir etwas zustoßen, dann werden sie nicht ungestraft davonkommen, das schwöre ich ...

»*Sie* ...«, sagte Maigret seufzend. »Sie warf alle in einen Topf, alle, die sich in ihrer Nähe aufhielten, alle, denen sie unterstellte, es auf ihr Geld abgesehen zu haben, einschließlich Monsieur Dandurand ... Fangen Sie an zu verstehen?«

»Was zu verstehen?«

Maigret lächelte.

»Stimmt ... Ich drücke mich beinahe so vage aus wie sie ... Was ist daran schon zu verstehen? ... Ich hätte fragen sollen, ob Sie etwas merken... Sie müssen enttäuscht sein, weil Sie doch, wie Sie heute morgen sagten, meine Methoden studieren wollten... Ich lasse Sie im Regen herumwaten... Ich schleppe Sie in ein nichtssagendes Rathaus, dann lasse ich Sie Coq au vin essen... Was soll ich Ihnen da erklären?... *Ich spüre es*... Nach seiner Entlassung aus dem Gefängnis quartiert sich Dandurand in Paris ein, in einer möblierten Wohnung... Er begegnet Juliette wieder, die noch nicht verwitwet ist... Was für ein Mensch war ihr Mann?... Wir kennen von ihm nur Bilder... Ein Mann Mitte Vierzig, groß, dick, nichts Besonderes... Juliette und Dandurand nehmen ihr altes Verhältnis wieder auf... Wahrscheinlich treffen sie sich in der Wohnung des ehemaligen Anwalts in der Rue Delambre... Der Ehemann stirbt, und es dauert nicht lange, bis Dandurand ins Haus seiner Geliebten einzieht, mit der er weiterhin nur heimlich zusammenkommt...«

»Ich verstehe nicht, warum sie sich verstecken...«, wandte der Amerikaner ein.

Langes Schweigen. Maigret betrachtete sein Glas, seufzte schließlich und trank einen Schluck Armagnac.

Dann, ganz plötzlich:

»Das wird sich weisen!... Désiré!... Die Rechnung bitte... Wenn ich heute nachmittag nichts zustande bringe, dann hab ich das Ihrer Frau und Ihnen zu verdanken...

Was hat unser Mistkerl bloß in Juliettes Schlafzimmer gemacht?... Helfen Sie mir doch, verdammt noch mal, Monsieur Spencer!... Bedenken Sie, wenn wir eine zufriedenstellende Antwort auf diese Frage finden...«

Wie ein vorbildlicher Sekretär sammelte Spencer Oats die über den Tisch verstreuten Briefe mit Trauerrand ein.

»Diese Vorsichtsmaßnahmen...«, wagte er einen Vorstoß.

»Die Vorsichtsmaßnahmen?...«

Nun, hatte die geizige Alte nicht in einem ihrer Briefe von den Vorsichtsmaßnahmen gesprochen, die sie getroffen hatte, um jenen beizukommen, die es auf ihr Geld abgesehen hatten? Sie mißtraute jedem, auch ihrem ehemaligen Liebhaber.

»Hat es Ihnen geschmeckt, Monsieur Maigret?« erkundigte sich die temperamentvolle Mélanie, die so manche berühmte Persönlichkeit zu ihren Gästen zählte und sie alle mit mütterlicher Vertraulichkeit behandelte. »Ich hab Ihnen mal für Madame Maigret das Rezept abgeschrieben. Hat sie es probiert?«

Der Kommissar hörte ihr nicht zu. Die Hand in der Hosentasche, in die er eben das Wechselgeld gestopft hatte, stierte er auf die Schürze der Wirtin, stand unschlüssig da und sagte endlich:

»Ich frage mich, warum Cécile sterben mußte... Begreifen Sie das, Monsieur Spencer?... Für alles andere gibt es eine Erklärung... Das ist leicht... Aber Cécile ist tot und... Entschuldigen Sie, Mélanie... Es hat sehr gut geschmeckt, danke, und in Ermangelung anderer Erinnerungen wird mein Kollege davon in Philadelphia erzählen können...«

Er war sehr bewegt. Draußen sprach er kein Wort,

und schließlich, als sie die Ecke zur Avenue d'Orléans erreicht hatten, hob er den Arm, um ein Taxi anzuhalten.

»Quai des Orfèvres, schnell...«

Er mußte sich unterwegs anders besonnen haben.

»Fahren Sie zuerst zur Gare du Nord... Zur Ankunftshalle der Fernzüge... Es ist schon später, als ich gedacht habe...«

Lag es am Coq au vin, am Beaujolais, an Mélanies üppiger Mokkatorte oder an Désirés Armagnac? Jedenfalls betrachtete Spencer Oats seinen gewichtigen Begleiter voller Mitgefühl. Ihm kam es so vor, als wäre er seit Stunden Zeuge eines fortschreitenden Verwandlungsprozesses. Maigret, tief in seinen Überzieher eingemummt, die Melone aus der Stirn geschoben, die Pfeife zwischen den Zähnen, lebte in Gedanken das Leben all der widerlichen, armseligen oder auch rührenden Figuren des Dramas, das aufzuklären seine Aufgabe war.

»Seine Frau entbindet vielleicht gerade jetzt...«

Er hatte rote Flecken auf den Wangen, als wäre er ihr Mann. Maigret versetzte sich in Gérards Lage im Zug, zwischen zwei Polizisten. Er war mit Berthe zusammen bei dessen Ehefrau. Er saß in dem Haus in Bourg-la-Reine und stützte die Füße auf den stoffbezogenen Schemel der alten Juliette, und er war auch im Stockwerk darunter, in jener Wohnung, in der Monsieur Charles hörte, was über seinem Kopf geschah.

Von Zeit zu Zeit tauchte an einer belebten Kreuzung das fahle Zifferblatt einer Normaluhr auf oder der weiße Stock eines Schutzmanns in seiner Pelerine, und

Maigret zählte die Minuten, beugte sich vor, hob sich von seinem Sitz, als wollte er damit das Gewicht des Taxis verringern, damit es schneller fahren konnte.

Gerade noch rechtzeitig, beinahe schon zu spät, trafen sie an der Gare du Nord ein. Eine Gruppe Neugieriger. Ein Polizist, der schrie:

»Gehen Sie weiter...«

Zwei Beamte schoben einen mageren jungen Mann in schlammbedeckten Hosen und zerrissenem Regenmantel vor sich her, der samt seinen Handschellen um sich schlug wie ein störrisches Pferd an der Deichsel. Und dieser fiebrige, wutschnaubende Gérard erschien den Zuschauern wie die leibhaftige Inkarnation des ins Netz gegangenen Kriminellen!

Seine Lippen bebten, als er den Kommissar erblickte.

»Sie kommen sich wohl schlau vor, wie?«

»Steigen Sie in dieses Taxi ein, meine Herren«, forderte Maigret die Polizisten auf, nachdem er ihnen seine Dienstmarke gezeigt hatte.

Das ließen sie sich nicht zweimal sagen. Ihnen war heiß. Die ganze Fahrt über hatten sie in der Angst gelebt, ihr Gefangener könnte sich zur Tür hinausstürzen.

»Ich wette, man hat sich nicht einmal um meine Frau gekümmert!«

Dicke Tränen quollen unter seinen Lidern hervor, und er konnte sie wegen der Handschellen nicht abwischen.

3

»Welche Brigade?«

»Feignies, Herr Kommissar...«

»Ihr habt einen Zug um fünf Uhr sieben... Ihr schlaft doch lieber zu Hause als in Paris?... Gebt mir eure Formulare, Kinder...«

Maigret hieß das Taxi an der Ecke der Rue La Fayette am Straßenrand halten. Passanten, die vornübergebeugt mit ihren Regenschirmen gegen den Wind ankämpften, schauten neugierig in das Fahrzeug, das die Polizisten beförderte. Der Kommissar unterschrieb die Formulare auf seinen Knien. Die beiden Beamten stiegen aus und entschwanden in eine Kneipe. Daraufhin ließ Maigret die Trennscheibe hinuntergleiten, sprach halblaut mit dem Fahrer, dann, als sich der Wagen wieder in Bewegung gesetzt hatte, zog er einen kleinen Schlüssel aus der Tasche und befreite Gérard Pardon von seinen Handschellen.

»Sie tun mir doch den Gefallen und verhalten sich ruhig, ja?... Bei ein paar Dutzend Unschuldiger von Ihrer Sorte müßte die Belegschaft der Kriminalpolizei verdreifacht werden...«

Gérard, der die vorübergleitenden Straßen betrachtete, als hätte er Paris seit Jahren nicht mehr gesehen, horchte auf, und sein unendlich mißtrauischer Blick heftete sich auf den Kommissar.

»Warum sagen Sie ›unschuldig‹?«

»Wollen Sie mir jetzt etwa einreden, Sie seien schuldig?«

»Wenn Sie glauben, daß ich unschuldig bin, warum haben Sie mich dann verhaften lassen?«

»Und wenn Sie es wirklich sind, warum sind Sie dann geflohen? Warum sind Sie beim Anblick der Polizisten wie ein Fohlen davongaloppiert und haben sich an einem Ort eingeschlossen, an dem niemand freiwillig stundenlang ausharrt?«

Spencer Oats saß leicht zurückgelehnt, verdaute friedlich sein Mittagessen, und um seine Lippen spielte das vage Lächeln derer, die nach einer guten Mahlzeit geduldig die Verwicklungen eines Theaterstücks verfolgen. Die Fenster des Taxis waren trüb wie eine Laterne aus Mattglas. Jenseits der Scheiben verschwammen die Umrisse, und die Regenschirme, die auf den Gehwegen aneinanderstießen, nahmen groteske Formen an. Als sie an einer Absperrung halten mußten, sahen die viel höher sitzenden Fahrgäste eines Omnibusses starr wie Wachsfiguren aus.

»Hören Sie mir mal zu, junger Mann... Ich weiß, wer Ihre Tante getötet hat...«

»Das ist nicht wahr...«

»Ich weiß, wer Ihre Tante getötet hat, und ich werde es Ihnen nachher beweisen...«

»Das ist unmöglich...«, behauptete Gérard hartnäckig und schüttelte den Kopf. »Niemand kann das wissen...«

»Nur Sie, nicht wahr?... *Und dabei wette ich, daß Sie geschlafen haben!*«

Diesmal zuckte Céciles Bruder zusammen, schaute den Kommissar entsetzt an und traute seinen Ohren nicht.

»Da!... Sehen Sie...«

»Aber... Wo fahren wir denn hin?...«

Im Nebelregen hatte Pardon soeben die Place de la Bastille erkannt. Wegen des Einbahnverkehrs bog das Auto in die Rue Saint-Antoine ein und fuhr um die Place des Vosges herum.

»Hören Sie mir gut zu... Es ist eine Belohnung von zwanzigtausend Francs auf denjenigen ausgesetzt, der den Mörder ausfindig macht... Aus bestimmten Gründen, die Sie nichts angehen, wird die Kriminalpolizei diese Belohnung auf keinen Fall kassieren...«

»Aber... Sie müssen wissen, daß ich...«

»Halten Sie den Mund! Ich glaube, Ihre Frau ist noch zu Hause, mit Ihrer Schwester Berthe. Da Sie eine gewisse Abneigung gegen die Städtische Entbindungsanstalt hegen, gebe ich Ihnen hier einen Vorschuß auf die zwanzig Tausender, die Sie sich nachher verdienen werden. Beeilen Sie sich! Wir warten im Wagen auf Sie... An welche Klinik hatten Sie denn gedacht, falls Ihnen Cécile das Geld hätte geben können?«

»Die Klinik Saint-Joseph...«

»Na gut! Dann braucht Berthe Ihre Frau nur in die Klinik Saint-Joseph zu bringen, und Sie leisten ihr heute abend dort Gesellschaft...«

Etwas verwundert blickte der Amerikaner von einem zum anderen.

»Keine Dummheiten, ja!«

Das Auto hatte angehalten, und Gérard, verblüfft, vielleicht noch mißtrauisch, zögerte.

»Los jetzt, Sie verdammter Idiot!«

Während der folgenden zehn Minuten rauchte Maigret schweigend seine Pfeife, und in dem Moment, in dem Pardon wieder auf der Türschwelle erschien und sich die Augen wischte, begnügte er sich damit, Spencer Oats nur einen Blick zuzuwerfen.

»Zum Quai des Orfèvres, bitte... Übrigens, Gérard, seit wann haben Sie nicht mehr gegessen?«

»*Die* haben mir ein Sandwich gegeben, im Zug... Ich bin wirklich nicht hungrig... Ich hätte eher Durst... Der... Ich...«

Ihm war die Kehle derart zugeschnürt, daß er kein Wort mehr herausbrachte.

Sie hielten noch einmal, vor einem kleinen Lokal, und Maigret hatte nichts dagegen, dem Coq au vin und vor allem der Mokkatorte mit einem Bier nachzuhelfen.

Zehn Minuten später füllte er seinen Ofen wieder bis obenhin und schaltete auf seinem Schreibtisch die Lampe mit dem grünen Schirm ein.

»Setzen Sie sich... Ziehen Sie Ihren durchnäßten Regenmantel aus... Rücken Sie Ihren Stuhl ans Feuer, damit Ihre Hosen trocknen... Wie kann man sich nur so zurichten?...«

Die Nacht war noch nicht ganz hereingebrochen. Durch das Fenster waren fahle Lichtgirlanden zu erkennen, die den Verlauf der Seine andeuteten. Es war die Zeit, in der bei der Kriminalpolizei das lebhafteste Treiben herrschte. Man hörte Türen aufgehen und sich wieder schließen, Schritte im Flur, das Schrillen von Telefonen und Klappern von Schreibmaschinen.

»Torrence! Ich hab eine Liste aller Personen zusammenstellen lassen, die am 7. Oktober vormittags bei der Kriminalpolizei vorgesprochen haben... Geh doch und hol sie mir...«

Als er sich endlich setzte und auf seinem Schreibtisch eine Pfeife aussuchte, die größer als die anderen war, begann Maigret:

»Was haben Sie in der Wohnung Ihrer Tante getrunken?... Warten Sie... Ich werde Ihnen helfen... Sie hatten kein bißchen Geld mehr, nicht wahr?... Sie wußten, daß Ihre Frau von einem Tag zum anderen niederkommen würde und daß nicht einmal Babywäsche für das Kind vorhanden war... Sie waren daran gewöhnt, Ihre Schwester Cécile anzupumpen... Ach was! Deshalb brauchen Sie den Kopf nicht zu senken... Leider konnte Ihnen Cécile nur unbedeutende Beträge zustecken, die sie vom Einkaufsgeld abzweigte, weil Ihre Tante nicht so leicht etwas herausgerückt hat... Für gewöhnlich paßten sie Ihrer Schwester auf der Straße ab... An jenem Abend sind Sie hinaufgegangen, und Sie haben sich in die Wohnung hineingeschlichen... Sie haben sich in Céciles Zimmer versteckt, während sie Madame Boynet pflegte... Stimmt das so weit?«

»Es stimmt...«

»Als sich Ihre Tante im Eßzimmer niederließ, kam Ihre Schwester in die Küche. Sie haben die Tür aufgemacht und erklärt, daß Sie Geld brauchten, *koste es, was es wolle*...«

»Ich habe ihr gesagt, daß ich am Ende sei und daß ich, ehe ich zusähe, wie meine Frau...«

»Das ist es... Sie haben bei Ihrer Schwester nicht nur Mitleid erregt, *sondern Sie haben ihr auch Angst eingejagt... Eine Art seelischer Erpressung*...«

»Ich war entschlossen, mich umzubringen...«

»Und vorher noch Ihre Frau umzubringen!... Dummkopf...«

»Ich schwöre Ihnen, Herr Kommissar, ich hätte es getan... Es waren schon drei Tage, daß...«

»Halten Sie den Mund... Ihre Schwester konnte in diesem Augenblick nicht mit Ihnen sprechen, weil die Alte es möglicherweise gehört hätte... Sie hat ihre Arbeit getan, wie üblich... Sie hat mit ihrer Tante gegessen... Wahrscheinlich hat sie sie um Geld gebeten, und die Alte hat es ihr verweigert... Als Madame Boynet im Bett war, denn ich nehme an, daß sie zu Bett gegangen ist, da war es zu spät für Sie, das Haus zu verlassen, weil die Eingangstür bereits verschlossen war. Sie hätten die Concierge bitten müssen, Sie hinauszulassen, und die hätte es ihrer Wirtin erzählen können... Cécile hat Ihnen deshalb etwas zu essen in ihr Zimmer gebracht... Was haben Sie denn gegessen?«

»Käse und Brot...«

»Was haben Sie getrunken?«

»Zuerst ein Glas Wein...«

»Sonst nichts?«

»Für Cécile stand eine Tasse Kräutertee bereit, den sie jeden Abend trank, weil sie einen schwachen Magen hatte... Sie hat mir geraten, ihn zu trinken... Ich hatte geweint... Ich war ziemlich durcheinander, und mir war schlecht...«

»Cécile hat Ihnen gesagt, Sie sollen sich in ihr Bett legen...«

»Ja... Ich hab mit ihr noch ein bißchen über Hélène geredet... Dann weiß ich nicht, wie das passiert ist, aber ich bin eingeschlafen...«

Maigret tauschte mit dem Amerikaner einen verständnisinnigen Blick.

»Sie sind eingeschlafen, weil Sie den Kräutertee getrunken haben, der für Ihre Schwester bestimmt war und in den Ihre Tante an den Abenden, an denen sie Monsieur Charles erwartete, eine kräftige Dosis Bromsalz hineintat... Das hat alles ausgelöst, dieser scheinbar belanglose Zufall... Hätte Cécile wie erwartet den Tee getrunken, wäre Ihre Tante wahrscheinlich noch am Leben, und dann wäre Ihre Schwester...«

Maigret erhob sich, trat ans Fenster und mit dem Rücken zu seinem Büro sprach er, wie zu sich selbst, weiter:

»Cécile sitzt in einem Sessel, um Ihnen ihr Bett zu überlassen, und kann aus gutem Grund nicht einschlafen... Die alte Boynet wartet die Zeit ab, zu der sie verabredet ist, schlüpft in ihren Morgenrock, zieht die Strümpfe an, in der Gewißheit, daß niemand sie hört, und lauert hinter der Tür auf Monsieur Charles... Es hat genügt, daß Ihnen etwas im Magen lag und eine Tasse Kräutertee ihre Bestimmung verfehlte, um...

Die zwei Komplizen...«

»Warum sagen Sie ›Komplizen‹?« schrie der junge Mann auf, der blaß geworden war.

»Stimmt das etwa nicht?... Na, hören Sie mal! Lassen Sie mich doch weiterreden... Hier drinnen ist es im Augenblick wirklich zu heiß...«

Und er öffnete die Tür zu einem Büro nebenan.

»Die zwei Komplizen, wie gesagt, sind im Wohnzimmer, wo als einzige Lampe ein Nachtlicht brennt... Cécile, die ein Geräusch gehört hat, schleicht in die Diele oder ins Eßzimmer und belauscht die beiden insgeheim... Leise reden sie über ihre nicht sehr sauberen Geschäfte... Das Haus in Béziers... Das in der Rue d'Antin... Ich stelle mir das Gesicht der armen Cécile vor, die lange nicht begriffen haben dürfte, um welches Gewerbe es sich handelte... Monsieur Charles übergibt seiner alten Freundin die fünfzigtausend Francs... Sie schließt den Sekretär wieder zu, behält das Geld aber in der Hand... Sie begleitet den ehemaligen Anwalt hinaus... Verriegelt... Mit einem Seufzer der Erleichterung erreicht sie ihr Schlafzimmer wieder... Ein guter Tag... Ihr Schatz ist weiter angewachsen... Sie klappt den stoffbezogenen Schemel auf, der ihr als Geldschrank dient, und Cécile, die durchs Schlüsselloch späht, entdeckt die gebündelten Tausend-Franc-Scheine. Und Sie, Sie schlafen immer noch... Überlegen Sie, ehe Sie antworten... *Sind Sie von ungewöhnlichen Geräuschen geweckt worden?*«

»Nein... Es war meine Schwester, die...«

»Moment mal! Ihre Tante zieht sich aus... Einen Strumpf hat sie bereits abgestreift, als Cécile, der Sie mit Ihrer Selbstmorddrohung Angst eingejagt haben...«

»Ich konnte ja nicht vorhersehen...«, jammerte Gérard.

»Das sagt man hinterher immer... Wie dem auch sei, Ihre Schwester taucht unvermutet vor der alten, entsetzten Frau auf... Der Anblick der Banknoten, die ein Vermögen darstellen, verleiht ihr Mut... Sie verlangt erneut Geld... Sie bittet nicht mehr demütig... Sie gebärdet sich beinahe drohend... *Weder die eine noch die andere der beiden Frauen ahnt, daß unter ihnen Monsieur Charles, überrascht und aufgeschreckt, alles mitanhört*... Vermutlich beschimpft Ihre Tante Cécile, die sie für ihre Schuldnerin hält, und wirft ihr einmal mehr vor, was sie für sie und für Ihre Familie getan hat... Vielleicht droht sie damit, um Hilfe zu rufen...«

»Es hat sich etwas anders abgespielt...«, sagte der junge Mann langsam.

»Dann erzählen Sie!«

»Ich weiß nicht genau, wie spät es war... Ich habe mehrmals hintereinander meinen Namen rufen hören... Es fiel mir sehr schwer aufzuwachen und vor allem, etwas zu begreifen... Ich fühlte mich benommen, wie wenn man zuviel getrunken hat... Cécile saß auf der Bettkante...

Gérard! rief sie... *Gérard!... Was hast du denn?... Du mußt mir zuhören...*

Sie war sehr ruhig, ruhiger als gewöhnlich... Ich habe geglaubt, sie fühlt sich nicht wohl, weil sie tiefe Schatten um die Augen hatte und leichenblaß war... Sie sprach leise, mit abgehackter Stimme...

Gérard... ich habe gerade die Tante umgebracht...

Dann blieb sie lange sitzen, ohne sich zu rühren, und starrte auf den Fußboden.

Ich stand auf ... Ich wollte ins Schlafzimmer meiner Tante laufen ...

Bleib hier ... Es ist nicht nötig, daß ...«

»Sie dachte an die Fingerabdrücke ...«, warf Maigret ein.

Und er rief sich die gleichmütige Cécile in Erinnerung, die stundenlang im Aquarium auf ihn gewartet hatte.

»Genau das hat sie mir gesagt ... Sie hat mir erzählt, wie es passiert ist ... Tante Juliette hatte auf der Bettkante gesessen ... Sie hatte ein Geräusch gehört und sofort unter ihr Kopfkissen gegriffen, unter das sie nachts für gewöhnlich ihren Revolver legte, denn sie war äußerst ängstlich ...

Du bist es! ... hatte sie gebrummt, als sie Cécile erkannte. *Nennst du das schlafen? ... Gib zu, daß du mich bespitzelt hast ...*

Hören Sie, Tante ... Vorhin habe ich Sie um ein bißchen Geld für Gérard gebeten, oder vielmehr für seine Frau, die bald ein Kind bekommt ...

Geh ins Bett ...

Sie sind reich ... Das weiß ich jetzt ... Sie müssen mich anhören ... Gérard will sich umbringen ...

Ist dein nichtsnutziger Bruder etwa hier?

Meine Tante wollte aufstehen, ohne den Revolver loszulassen ... Cécile hat solche Angst gekriegt, daß sie zwei oder drei Schritt vorgegangen ist und sie am Arm gepackt hat ...

Sie müssen mir Geld geben ...

Die Tante ist dabei nach hinten gekippt ... Sie hat um sich geschlagen und versucht, den Revolver wieder zu erwischen, und da hat meine Schwester ihr die Kehle zugedrückt ...«

»Eiskalt!« sagte Maigret, und seine Stimme hallte unerwartet nach.

Ja, er hatte sich geirrt, wenn er von einer stürmischen Szene ausgegangen war. Cécile hatte ihre Kaltblütigkeit nicht verloren. Sie war sanft wie ein Lamm gewesen. Jahr um Jahr hatte sie sich gefügt, ohne sich dessen überhaupt bewußt zu werden, so sehr war ihr die Unterwürfigkeit angeboren. Und dann hatte eine Kleinigkeit ausgereicht, der Anblick dieser Unmenge von Geldscheinen, die Gewißheit, daß ihre Tante sie von jeher betrogen, ausgenutzt hatte ...

»Erzählen Sie weiter, mein Kleiner ...«

»Wir haben lange geschwiegen ... Cécile hat mich einen Moment allein gelassen, um sich davon zu überzeugen, daß Tante Juliette auch wirklich tot war ... Später, als sie den Mund wieder aufmachte, da sagte sie bloß: *Wir müssen die Polizei benachrichtigen* ...«

Auch in Maigrets Büro, das inzwischen in tiefer Dämmerung lag, in deren spärlichem Licht der grüne Lampenschirm seltsame Lichter auf die Gesichter warf, herrschte Schweigen. Eine Pfeife knisterte.

Es war nicht schwer, sich die Geschwister vorzustellen, wie sie starr vor Entsetzen in der Wohnung des großen Hauses saßen, das am Rande der Route Nationale aufragte. Unter ihnen, in seinem Schlafzimmer, hörte Monsieur Charles, in panische Angst versetzt, alles mit, bis hin zum leisesten Gemurmel.

Wenn ich jetzt hinaufgehe ...

Cécile betrachtete ihren Bruder. Nie und nimmer würde die Polizei glauben, daß Gérard an dem Verbrechen nicht beteiligt gewesen war. Sie litten Qualen, und beide waren so erschöpft wie nach einem langen Lauf.

Sollte er von der Concierge verlangen, daß sie ihm die Tür öffnete? Sie würde gewiß durch ihren Ausguck schauen, wer um diese Zeit das Haus verließ. Alle Uhren der Wohnung schlugen, eine nach der anderen. Und jedesmal zuckten die Geschwister zusammen.

»Hör zu, Gérard ... Ich gehe morgen früh zu Kommissar Maigret ... Ich werde ihm alles erzählen ... Du nutzt den Moment, in dem die Concierge die Mülleimer aus dem Hof holt, um von hier zu verschwinden und nach Hause zu gehen ...«

Wahrlich eine seltsame Nachtwache! Sie waren so einsam wie jene Emigranten, die man in den Wartesälen der Bahnhöfe oder auf Schiffsdecks inmitten ihrer Bündel auf dem Boden sitzen sieht.

»Wer von Ihnen beiden«, erkundigte sich Maigret, während er seine Pfeife wieder anzündete, »hatte den Einfall, den Sekretär aufzuschließen und die Papiere durchzusehen?«

»Das war Cécile ... Sehr viel später ... Sie hatte zwei Tassen Kaffee gemacht, denn ich war immer noch benommen ... Wir hielten uns in der Küche auf ... Plötzlich hat sie gemurmelt:

Wenn bloß dieser Mann nicht wieder heraufkommt ...

Und sie fügte hinzu:

Dabei habe ich dem Kommissar gesagt, daß nachts

jemand hier hereinschleicht... Er wollte mir nicht glauben... Jetzt...«

Maigret blickte grübelnd auf das kahle Rechteck des Fensters und biß hart auf das Mundstück seiner Pfeife.

»*Gott allein weiß, wann unsere letzte Stunde gekommen sein wird...«*

Daraufhin hatte Cécile in aller Ruhe vorgeschlagen, die Papiere aus dem Sekretär herauszuholen. Sie war weder auf den Gedanken verfallen, mit dem Geld zu fliehen, noch einen Teil davon für ihren Bruder zu nehmen, der es doch so dringend brauchte.

»Haben Sie die Dokumente gelesen?« fragte der Kommissar.

»Ja.«

In diesem Augenblick erhob er sich und trat an die Tür, die er vorher einen Spalt geöffnet hatte.

»Sie kommen vielleicht besser hierher, Monsieur Dandurand... Ich glaube, daß von nun an vor allem von Ihnen die Rede sein wird...«

Denn Monsieur Charles war im Raum nebenan gewesen, wo ihn ein Inspektor bewacht hatte. Sein Auftritt war ziemlich eindrucksvoll. Man hatte ihm seinen Kragen, die Krawatte und sogar die Schnürsenkel seiner Schuhe abgenommen. Seit zwei Tagen hatte er sich nicht mehr rasiert. Handschellen hielten ihm vor seinem Bauch die Handgelenke zusammen.

»Sie können doch stehen, nicht wahr? Sie sind nicht zu müde?...«

Gérard, der eine Falle befürchtete, war mit einem Satz aufgesprungen.

»Was soll denn...«

»Beruhigen Sie sich, Pardon... Erzählen Sie Ihre Geschichte weiter... Ich wollte nur, daß Monsieur Dandurand Ihren Bericht hört... Sie haben sich also hingesetzt, Sie und Ihre Schwester, und Sie haben die Papiere durchgesehen. Es handelte sich um eine Menge Geschäftspapiere, Empfangsbescheinigungen, Mietverträge, Abrechnungen...«

»Es waren auch Briefe dabei...«

Und während er dies sagte, schielte Gérard zu dem ehemaligen Anwalt hinüber, als befürchtete er, trotz der Handschellen von ihm Prügel zu beziehen.

»Liebesbriefe, nicht wahr?«

Da meldete sich der frühere Jurist zu Wort:

»Einen Moment!... Darf ich Sie fragen, ob es sich hier um eine Gegenüberstellung handelt?«

»Sie sagen es, Monsieur Dandurand.«

»Unter diesen Umständen bitte ich, verlange ich, wie es mir dem Gesetz nach zusteht, daß mein Anwalt zugegen ist...«

»Wie heißt dieser Anwalt, bitte?«

»Maître Planchard...«

»Torrence!... Torrence!...« rief Maigret. »Sei so gut und ruf Maître Planchard an!... Oder vielmehr, wart mal... Um diese Zeit muß er eigentlich im Palais sein...«

»Er plädiert vor der Elften Kammer«, gab Monsieur Charles an.

»Lauf zur Elften Kammer rüber und bring ihn her... Falls die Verhandlung noch andauert, dann bitte ihn, daß er sich um einen Aufschub bemüht... Sag ihm, du kommst von mir...«

Nahezu dreißig Minuten lang herrschte Schweigen in Maigrets Büro, in dem schon die leiseste Bewegung die absolute Stille durchbrach, wie ein Kieselstein, der in einen Tümpel geworfen wird.

»Nehmen Sie Platz, Maître Planchard... Ich verhehle Ihnen nicht, daß ich wahrscheinlich beim Untersuchungsrichter beantragen werde, Ihren Klienten des vorsätzlichen Mordes anzuklagen... Wir hören Ihnen zu, Pardon... Sie haben vorhin von Liebesbriefen gesprochen... Wenn ich mich nicht irre, dürften diese Briefe etwa fünfzehn Jahre alt sein...«

»Das weiß ich nicht... Sie trugen kein Datum...«

Triumphierendes Lächeln des Advokaten, der bereits ein Verhalten wie vorm Schwurgericht an den Tag legte. Maigret hingegen fragte Spencer Oats:

»Erinnern Sie sich noch an unseren Besuch in diesem häßlichen Rathaus von Bourg-la-Reine?...«

Dann wandte er sich an Gérard:

»Was stand in diesen Briefen?... Einen Moment noch... Wir wollen zunächst einen wichtigen Punkt festhalten... Ihre Schwester hatte doch beschlossen, sich freiwillig zu stellen und mir angesichts der Tragweite dessen, was diese Briefe enthüllten, sie mir mitzubringen?... Sie hat sie mitsamt den Geschäftspapieren, die der Sekretär enthalten hatte, in ihre Tasche gesteckt?«

»Ja.«

»Wenn das so ist«, schaltete sich der Advokat ein, »dann bitte ich Sie, Herr Kommissar, so freundlich zu sein und diese Dokumente vorzulegen...«

»Etwas Geduld, Maître...«

Ihm entging ein zweifelhaftes Lächeln nicht, das um Monsieur Charles' Lippen spielte.

»Freuen Sie sich nicht zu früh, Dandurand!... Ich weiß wohl, daß Sie sich in den Besitz dieser nicht übermäßig belastenden Korrespondenz gebracht und sie vernichtet haben... *Aber vergessen Sie nicht, daß Sie ein Telefongespräch, für das ich mich einen Augenblick von Ihnen entfernen mußte, dazu benutzt haben, in Madame Boynets Schlafzimmer einzudringen*... Wir hören Ihnen zu, mein lieber Gérard... Sagen Sie uns zunächst, wie diese Briefe begannen...«

»Mit den Worten *Mein Liebling*.«

Maigret schien sich plötzlich zu amüsieren.

»Ich unterbreche Sie schon wieder. Nur so lange, um meinem amerikanischen Kollegen, der sich eine beklagenswerte Vorstellung von französischen Liebschaften machen könnte, zu erklären, daß in der Zeit, aus der diese Briefe stammen, Madame Boynet ganze fünfzehn Jahre jünger war... Auch wenn sie damals nicht mehr in der ersten Blüte ihrer Jahre stand, so war sie doch noch nicht die auf einen Stock gestützte Vogelscheuche, die sie zuletzt war... Wie viele Briefe waren es, Gérard?«

»Etwa dreißig... Die meisten waren sehr kurz... *Morgen, drei Uhr, du weißt ja wo... Küsse... Dein*...«

»Wie waren Sie unterschrieben?«

»Mit einem C...«

Monsieur Charles, der nicht dazu aufgefordert worden war, sich zu setzen, ließ den jungen Mann nicht aus den Augen. Sein Gesicht war zwar aschfahl, aber er hatte seine Kaltblütigkeit bei weitem noch nicht verloren.

»Ein C… beweist nichts«, hielt Maître Planchard dagegen. »Sobald diese Schriftstücke zu den Akten genommen sind, werde ich mich gezwungen sehen, ein graphologisches Gutachten anzufordern…«

»Sie werden nicht zu den Akten genommen… *Wenigstens nicht diese*… Wir hören Ihnen zu, Gérard… Manche dieser Schreiben waren doch sicher länger?«

»Es waren vier oder fünf Briefe dabei…«

»Versuchen Sie, sich genau zu erinnern…«

»Ich erinnere mich daran, daß in einem stand: *Nur Mut!… Denke daran, daß Du in einigen Wochen von Deiner Last entbunden sein wirst und daß wir dann endlich Ruhe haben*…«

Da fragte Maître Planchard hämisch grinsend:

»Handelte es sich etwa um eine schwangere Frau?«

»Nein, Monsieur! Es handelte sich um eine Frau mit Ehemann und Liebhaber… Dieser Brief wurde vom Liebhaber geschrieben…«

»Dann war der Ehemann also krank?«

»Das müßten Sie erst beweisen… Erzählen Sie weiter, mein Lieber…«

Und Gérard, den die auf ihn gerichteten Blicke verlegen machten, stammelte:

»Ich erinnere mich noch an einen anderen Satz: *…Wie Du siehst, hat er nichts gemerkt… Nur Geduld!… Es ist besser, wenn wir uns während der nächsten Tage nicht treffen… Bei der derzeitigen Dosis* *ist mit mindestens zwei Wochen zu rechnen ... Schneller vorzugehen, wäre gefährlich ...*«

»Das verstehe ich nicht!« warf der Anwalt hüstelnd ein.

»Um so schlimmer für Sie, Maître ...«

»Abgesehen davon, daß ich immer noch auf die Vorlage der fraglichen Dokumente warte. Gestatten Sie mir, Ihnen zu sagen, daß ich es ziemlich unklug von Ihnen finde, darauf zu setzen, daß ...«

Worauf Maigret sanft und zuckersüß erwiderte:

»Wenn Sie darauf bestehen, werde ich die Exhumierung des verstorbenen Joseph Boynet und die Untersuchung dessen, was nach fünfzehn Jahren noch von ihm übrig ist, beantragen ... Sie wissen sehr wohl, Maître, daß die meisten Gifte, besonders jene Gifte, die man in winzigen Dosen verabreichen kann, wie das Arsen, noch lange vorhanden sind, nachdem ...«

Torrence unterbrach ihn und legte ihm die Liste der Personen vor, die am Morgen des Tages, an dem Cécile ermordet wurde, bei der Kriminalpolizei erschienen waren.

4

»Sie dürften es allmählich satt haben zu stehen, Dandurand... Torrence!... Bring doch einen Stuhl... Seit einer Weile merke ich, daß Monsieur Charles schwankt...«

»Sie irren sich, Herr Kommissar... Ich warte immer noch auf den kleinsten Ansatz eines Beweises, der...«

»Nur Geduld, warten wir's ab!... Ihr Anwalt, Maître Planchard, hat die alte Juliette nicht gekannt, und es ist vielleicht ratsam, sie ihm kurz zu beschreiben... Gestatten Sie, Maître Planchard?«

Der antwortete mit einer vagen Handbewegung und steckte sich eine Zigarette an.

»Als junges Mädchen, während sie noch Cazenove hieß, war Juliette bereits Dandurands Geliebte, in Fontenay-le-Comte, und die ganze Stadt redete darüber... Maître Dandurand war damals noch nicht wegen eines Sittlichkeitsvergehens verurteilt... Er war viel jünger als heute, und ich will doch annehmen, daß er über eine gewisse Anziehungskraft verfügte... Sicher ist jedenfalls, daß Juliette, die aus einer verarmten Familie stammte, die gute Partie nicht ausschlug, die sich ihr in der Person von Joseph Boynet bot, und daß sie, um ihr Ziel zu erreichen, nicht zögerte, ihre Schwester zu opfern, indem sie durchsetzte, deren Mitgift ihrer eigenen Mitgift zuzuschlagen

Welche Vorstellungen hatte sie sich von Paris und von der Ehe mit einem Bauunternehmer gemacht? Ich weiß es nicht...

Sie lebte in Bourg-la-Reine... Ein eifersüchtiger Mann... Ein Dasein ohne Luxus und Glanz...

Jahre verstrichen, und dort, in Fontenay, wurde der Geliebte von einst, Monsieur Dandurand, langsam alt, ohne daß seine Leidenschaft erlosch, die er anfangs für kleine Mädchen und später für sehr kleine Mädchen hegte...

Ich gehe nicht weiter darauf ein, einverstanden?... Zwei Jahre Gefängnis... Nicht viel, alles in allem...

Und eines schönen Tages, da ist er in Paris, in einer möblierten Wohnung in der Rue Delambre, für immer nicht nur aus seiner Zunft, sondern auch aus der Gesellschaft der ehrbaren Leute ausgeschlossen...

Wo treffen sie sich?... Das spielt keine Rolle... Jedenfalls steht fest, daß sie ihr altes Verhältnis wiederaufnehmen... Und es dauert nicht lange, bis ihnen der Ehemann im Weg ist...

Juliette vor allem, dessen bin ich mir sicher... Vielleicht ist sie es, die als erste auf den Gedanken kommt, sich eines Gatten zu entledigen, der sie daran hindert, ein Leben nach ihrem Geschmack zu führen...

Ihr Liebhaber berät sie, wie seine Briefe beweisen...«

»Diese Briefe, von denen ich wette, daß Sie sie nicht beibringen können«, fiel ihm der Anwalt ins Wort, der sich intensiv mit seinen Notizen beschäftigte.

»Diese Briefe, die ich nicht beibringen kann, weil Ihr

Klient sich ihretwegen genötigt sah, ein zweites Verbrechen zu begehen, das stimmt...«

»Unter diesen Umständen...«

Der Einwand wurde von einer ausladenden Geste begleitet, als stünde der Anwalt in seiner schwarzen Robe im Gerichtssaal und peitschte mit seinen weiten Ärmeln die Luft.

»Geduld, lieber Maître... Der Mann stirbt schließlich... Der Mann ist tot... Der Arzt ist davon überzeugt, daß er, der fleißige Esser, fleißige Trinker und fleißige Arbeiter, von einem Herzanfall dahingerafft wurde... Und da...«

Er machte eine Pause, betrachtete Monsieur Charles, dann Spencer Oats und verzog sein Gesicht zu einem spöttischen Lächeln.

»Da passiert es, daß sich unsere Juliette beinahe von heute auf morgen in eine schrullige Alte verwandelt!... Der Mann, der ihr Komplize war, reizt sie vielleicht noch, aber zugleich flößt er ihr Angst ein... Sie mißtraut allen, denn sie weiß nun, wie ein Mensch stirbt... Sie wird geizig... Monsieur Charles zieht in ihr Haus ein, in die Wohnung, die genau unter ihrer liegt; aber die Sorge um ihren Ruf hat sie gepackt, und sie trifft sich mit ihm nur draußen... Zwei Nichten und ein Neffe kommen ihr da wie gerufen... Später hindern ihre Beine sie daran, das Haus zu verlassen, und um ihren Komplizen nachts empfangen zu können, schläfert sie Cécile vorsorglich mit Hilfe von Bromsalz ein... Hätte Cécile keinen schwachen Magen gehabt und hätte sie nicht jeden Abend einen Kräutertee getrunken, weiß Gott...

Madame Boynet hat die alten Briefe aufbewahrt, sie in ihren Sekretär im Salon eingeschlossen ... Dandurand legt auf großartige, wenngleich schändliche Weise ihr Geld an ... Unsere Geliebte von gestern ist eine geizige und körperbehinderte alte Frau geworden, und wir haben es hier mit der widerwärtigsten Form der wilden Ehe zu tun ... Der Neffe und eine der Nichten haben sich abschrecken lassen ... Eine Last weniger! ... Es ist nur noch die arme Cécile da, die, mit der Seele einer Sklavin oder einer Heiligen geboren, ausharrt ...«

»Ich würde gern eine Frage stellen, Herr Kommissar.«

Es war der Advokat.

»Worauf stützen Sie sich bei ...«

»Das werde ich Ihnen später erzählen, Maître ... Inzwischen bitte ich Sie, sich weiterhin die Mühe zu machen, mir zu folgen ... Die Liebe hat sich in Geiz verwandelt ... Eine Leidenschaft löst die andere ab, wie sozusagen ein Keil den anderen treibt ... Es bedarf eines Zufalls, ja beinahe eines Unfalls ... Es bedarf des Umstands, daß eine Tasse Kräutertee ihre Bestimmung verfehlt, daß sie von Gérard getrunken wird anstatt von Cécile ... Und schon kommt es zum Drama ...

Von seiner Wohnung aus hört Dandurand alles mit ... Er weiß, daß da oben über seinem Kopf zwei Menschen sind, denen nichts verborgen geblieben ist ... Er weiß, daß Cécile entschlossen ist herzukommen, um mir alles zu erzählen und mir die Dokumente zu bringen ...

Kann er mitten in der Nacht in den fünften Stock hinaufgehen, an der Tür klopfen und verhindern...

Sie müssen eine ziemlich scheußliche Nacht verbracht haben, Dandurand...«

Der zuckte mit keiner Wimper. Im Gegenteil, einmal mehr verzog ein Lächeln einen Moment lang seine kalten Lippen.

»Bei Tagesanbruch, während die Concierge im Hof mit ihren Mülleimern beschäftigt ist, schleichen die Geschwister die Treppe hinunter... Durch die einen Spaltbreit geöffnete Tür sieht Dandurand sie vorübergehen... Wenn Cécile bloß alleine wäre!... Aber man kann nicht zwei Leute gleichzeitig anfallen...

Auf der Straße trennen sich die Geschwister... Dandurand folgt Cécile im Nebel... Gelänge es ihm doch nur, ihr unterwegs die Tasche mit den Beweisstücken zu entreißen!... Die Straßenbahn ist kein geeigneter Ort... Vom Pont Saint-Michel bis zur Kriminalpolizei bietet sich auch keine günstige Gelegenheit...

Da ist sie auch schon im Treppenhaus... Was kann Monsieur Charles jetzt noch retten?

Eins allein: die Zeit... Denn es ist kaum acht Uhr morgens... Ich bin noch zu Hause... Ohne besonderen Grund beschließe ich an jenem Tag, den Herbstnebel zu genießen und zu Fuß in mein Büro zu gehen, während Cécile in dem Raum, den wir Aquarium nennen, auf mich wartet...

Dandurand lungert herum...«

»Ich bitte Sie nochmals um Verzeihung, Herr Kommissar, aber ich komme auf meine Frage zurück: Haben Sie Beweise? Haben Sie Zeugen?«

»Vor meinen Augen, Maître Planchard, liegt die Liste all derer, die an jenem Morgen bei der Kriminalpolizei erschienen sind, und auf dieser Liste habe ich eben mindestens drei Namen angekreuzt... Sie müssen mich eigentlich verstehen, denn Sie kennen sich doch hier ein bißchen aus... Es wäre für Dandurand zu gefährlich, selbst hinaufzugehen und Cécile anzusprechen... Sie weiß alles und würde ihm um nichts in der Welt folgen...

Doch sollte ein Kerl aus dem Milieu vorbeikommen, aus diesem Milieu, in dem Monsieur Charles ein großes Licht geworden ist...

Und schon fällt er über ihn her...

Hör mal!... Im Wartezimmer sitzt eine, die nicht zum Kommissar hineindarf... Dich kennt sie nicht.. Ich muß unbedingt ein ernstes Wort mit ihr reden...

Vergessen Sie nicht, daß Dandurand die Flure am Quai des Orfèvres und im Palais de Justice ebenso gut kennt wie wir.

Denk dir einen Vorwand aus und bring sie mir auf die andere Seite der Glastür, die...

Es ist unmöglich, meine Herren, daß es sich nicht so zugetragen hat... Der Komplize weiß nicht, daß es um ein Verbrechen geht, sonst hätte er vielleicht gezögert, und ich bin überzeugt davon, daß er in diesem Augenblick nicht sehr stolz auf sich ist... Das Stück nimmt also seinen Lauf...

Sie wollen zu Kommissar Maigret?

Ich bin kurz zuvor wieder vorbeigegangen... Cécile wartet... Also folgt sie vertrauensvoll dem, von dem sie meint, er führe sie zu mir...

Kaum hat sie die Glastür durchschritten...

Geben Sie doch zu, Dandurand, daß es sich in dieser Weise abgespielt hat, *weil es sich gar nicht anders abgespielt haben konnte!...*

Bei Ihrem Anblick erschrickt sie... Die Tür des Besenschranks ist nahe... Ein Stoß... Sie wehrt sich... Ehe Sie ihr die Tasche entreißen, die sie verteidigt, schlagen Sie zu, dann...«

»Ich warte immer noch auf die Beweise, Herr Kommissar.«

Der Advokat, der sich zahlreiche Notizen gemacht hatte, verlor kein Quentchen seiner Selbstbeherrschung, denn für die Advokaten steht ja nicht ihr eigenes Leben auf dem Spiel.

Da murmelte Maigret, nachdem er seinem Kollegen von jenseits des Atlantiks einen kaum wahrnehmbaren Wink gegeben hatte:

»Und wenn ich anstelle der Zeugen einen Brief beibrächte?«

»Einen Brief dessen, der besagte Cécile zu meinem Klienten geführt hat?«

»Einen Brief Ihres Klienten selbst, mein lieber Maître.«

Dandurand war hart wie Stahl.

»Ich warte darauf, daß Sie ihn mir vorlegen...«, brummte der Advokat.

»Und ich«, sagte Maigret seufzend, »ich warte darauf, daß man ihn findet...«

»Das heißt, daß all das...«

»...ein Gespinst aus Vermutungen ist, das bestreite ich ja nicht... Nichtsdestoweniger gibt es einen Grund dafür, daß Monsieur Charles während meiner Abwesenheit in Juliettes Schlafzimmer geschlichen ist... Ich weiß nicht, ob Sie je die Gelegenheit hatten, die Mentalität alter Frauen zu studieren... Es gibt nichts Mißtrauischeres auf der Welt... Wenn sie die meisten Briefe in ihrem Sekretär im Salon aufbewahrt hat, dann können Sie sicher sein, daß...«

Monsieur Dandurand kicherte hämisch. Alle sahen ihn an.

In diesem Moment war Maigret eigentlich nicht weit davon entfernt, die Partie für verloren zu halten.

Er klammerte sich an eine Hoffnung. Hatte Juliette Boynet in einem ihrer Briefe an Monfils nicht erwähnt, falls ihr ein Unglück zustoßen sollte, dann...

Der Kommissar hatte alles auf eine Karte gesetzt. Er wollte einfach noch nicht glauben, daß Dandurand während der wenigen Minuten, die er allein in dem Raum verbracht hatte...

Und die Tatsache, daß er hineingegangen war, daß er den stoffbezogenen Schemel aufgeklappt und selbst auf die Gefahr hin, seine Fingerabdrücke zu hinterlassen, die Banknotenbündel angefaßt hatte, ohne sie mitzunehmen, bewies die nicht, daß er etwas anderes gesucht hatte, etwas, das für ihn noch wichtiger war?

War die Alte wirklich so töricht gewesen, das entscheidende Dokument in der Wohnung zu behalten?

Und wenn Maître Leloup sich gar nicht die Mühe gemacht hatte, das Telegramm an Monfils zu schikken? Wenn dieser beim Fischen, auf der Jagd oder wo auch immer, aber bloß nicht zu Hause war?... Wenn?...

Das Telefon klingelte. Maigret stürzte sich buchstäblich auf den Apparat.

»Hallo!... Ja... Na gut!... Macht weiter...«

Als er den Hörer wieder auflegte, da half nichts: Spencer Oats begriff, daß die Suche im Haus in Bourg-la-Reine ergebnislos verlief.

»Ich möchte Sie darauf hinweisen, Herr Kommissar...«

»Weisen Sie mich hin, worauf Sie wollen... Beim derzeitigen Stand der Dinge...«

»Ihre ganzen Hypothesen basieren auf einem Brief, den es nicht gibt, und unter diesen Umständen steht es meinem Klienten zu...«

Wieder das Telefon.

»Hallo!... Gut!... Drei oder vier Stunden?... Ja, er ist hier... Ich schicke ihn hin...«

Und zu Gérard gewandt:

»Sie täten gut daran, sich zu Ihrer Frau auf den Weg zu machen... Ich glaube, es dauert nicht mehr lange, bis Sie Vater sind...«

»Ich gebe Ihnen, Herr Kommissar, nach wie vor zu bedenken...«

Maigret betrachtete den Advokaten, ohne ihm zu antworten, dann zwinkerte er dem Amerikaner zu. Dieser folgte ihm auf den Flur.

»Langsam bin ich der Meinung«, begann er, »daß diese Ermittlung, bei der Sie dabeisein wollten... Ich werde mich wahrscheinlich lächerlich machen, und Sie werden eine jämmerliche Vorstellung von meinen Methoden nach Amerika mitnehmen... Trotzdem bin ich sicher, verstehen Sie, ich bin sicher, daß...«

Völlig unvermittelt fragte Maigret plötzlich:

»Gehen wir ein Bier trinken, einverstanden?«

Er schleppte seinen Begleiter hinaus und warf im Vorbeigehen einen düsteren Blick aufs Aquarium, in dem zwei oder drei Leute saßen.

Sie schritten an den Mauern des Palais de Justice entlang, dann tauchten sie in der lauwarmen Stille der ›Brasserie Dauphine‹ unter, in der es nach Bier vom Faß roch.

»Zwei Bier!... *Erstklassige!...*«

»Was nennen Sie *erstklassige*?« erkundigte sich der Amerikaner.

»Gläser für Stammgäste... Sie fassen genau einen Liter...«

Mit aufgeblähten Mägen kehrten sie auf dem Weg, auf dem sie gekommen waren, wieder zurück.

»Dabei könnte ich schwören... Sei's drum! Pech gehabt... Und wenn ich noch mal ganz von vorn anfangen muß, dann werd ich eben noch mal von vorn anfangen...«

Spencer Oats fühlte sich ebenso hilflos wie einer, der nach noch nicht abgenutzten Beileidsworten sucht.

»Verstehen Sie?... Ich weiß, daß ich, psychologisch gesehen, recht habe... Es ist unmöglich, daß...«

»Und wenn Dandurand den Brief vor Ihnen gefunden hat?«

»Eine Frau ist immer schlauer als ihr Liebhaber!« sagte der Kommissar entschieden. »Und die alte Juliette...«

Sie stiegen die staubige Treppe hinauf, auf der einige Stellen feucht schimmerten. Ein Mann erwartete sie, würdevoll und gewichtig, mit seiner Aktentasche unterm Arm.

»Ich hoffe, Herr Kommissar, Sie werden mir Aufschluß darüber geben …«

Maigrets Abneigung gegen Maître Leloup war auf einen Schlag verflogen. Er stürzte sich auf ihn wie auf einen alten Freund, den man nach zwanzig Jahren endlich wiederfindet.

»Das Telegramm? … Warum hat er es nicht gleich hierher geschickt? … Geben Sie her, schnell! …«

»Da ist es, ich bezweifle jedoch, daß Sie daraus schlau werden, und ich frage mich sogar, ob ich, ehe wir nicht über weitere Unterlagen verfügen, überhaupt …«

Maigret hatte es ihm aus der Hand gerissen.

Benachrichtigen Sie Kommissar Maigret einziges Geschenk ist Foto der verstorbenen Tante Stop Habe zufällig Rahmen entfernt Stop Enthält wenig verständlichen aber vermutlich einen Dritten belastenden Brief Stop Situation hinsichtlich Erbfolge völlig verändert denn Joseph Boynet ist keines natürlichen Todes gestorben und Mörder oder Komplize haben keinen Erbanspruch Stop Tue meine Pflicht aber bitte Sie Ihrerseits alle Vorbehalte geltend zu machen Stop Bin heute abend in Paris Stop Henri Monfils.

»Glauben Sie nicht, daß mein Klient …«, begann der Anwalt.

»Ihr Klient hat sich wahrhaft heroisch selbst überwunden, Maître Leloup … Daran hatte ich nicht einmal gedacht... Wenn Joseph Boynet von seiner Frau und deren Liebhaber ermordet wurde, dann geht das Vermögen automatisch ins andere Lager über und fällt den Boynets und den Machepieds zu...«

»Aber...«

Der Kommissar hörte ihm nicht mehr zu. Reglos stand er inmitten des riesigen Flurs der Kriminalpolizei, von wo aus er die Tür zu seinem Büro sehen konnte. Neben ihm die verglaste Wand des Wartezimmers, in dem eines nebligen Morgens...

Irgendwo kam ein Kind zur Welt, das nie erfahren würde, daß die Kosten seiner Geburt von üppig beringten Herren bezahlt wurden... Um diese Zeit dürften sie bei Albert in der Rue Blanche vollauf mit den Spitzfindigkeiten einer Partie Belote beschäftigt sein.

Woran Monsieur Charles in der Gesellschaft seines Advokaten und unter der diskreten Aufsicht des sanften Torrence wohl gerade dachte?

»Gar nicht so dumm!«

Er erschrak beim Klang seiner eigenen Stimme, so wie Spencer Oats und Maître Leloup erschraken, die darauf keineswegs gefaßt waren.

»Ich meine den Trick mit der Fotografie...«, entschuldigte er sich. »Sie kannte ihren Vetter, die Alte... Sie kannte die Provinz... Los, meine Herren, an die Arbeit...«

Und er reckte sich, bevor er mit dem Verhör all derer anfing, die am Morgen des Mordtages bei der Kriminalpolizei aufgetaucht waren.

Es war ein Uhr nachts, als ein kleiner Zuhälter

gleichzeitig mit seinem erloschenen Zigarettenstummel die entscheidende Bemerkung fallenließ:

»Na gut! Ich wollte wem einen Gefallen tun, und jetzt bin ich dran... Was glauben Sie denn, wieviel ich dafür kriegen werde, Herr Kommissar?... Zwei Jahre?...«

Madame Maigret hatte schon dreimal angerufen.

»Hallo!... Nein!... Warte nicht auf mich... Ich komme vielleicht ziemlich spät...«

Auf einmal verspürte er große Lust auf ein deftig garniertes Sauerkraut in einer Brasserie am Montmartre oder am Montparnasse, in trauter Zweisamkeit mit seinem Amerikaner.

Danach begleiteten sie sich gegenseitig zurück. Und, wie es eben so kommt, ein Bier ergab das andere, und so verging die ganze Nacht.

Spencer Oats mußte schließlich in Philadelphia etwas zu erzählen haben!

Wenn allerdings Monfils nicht auf den Gedanken gekommen wäre, das Bild aus dem Rahmen zu nehmen...

Nieul-sur-Mer, im Winter 1939/1940